MIMO

James Joyce Epifanias

James Joyce Epifanias

ORGANIZAÇÃO,
TRADUÇÃO E NOTAS
Tomaz Tadeu

POSFÁCIO
Ilaria Natali

FOTOGRAFIAS
Lee Miller

autêntica

As epifanias

1

[Bray: in the parlour of the house
in Martello Terrace]

Mr Vance—(*comes in with a stick*). . . O, you know,
he'll have to apologise, Mrs Joyce.
Mrs Joyce—O yes . . . Do you hear that, Jim?
Mr Vance—Or else—if he doesn't—the eagles'll
come and pull out his eyes.
Mrs Joyce—O, but I'm sure he will apologise.
Joyce—(*under the table, to himself*)

—Pull out his eyes,
Apologise,
Apologise,
Pull out his eyes.

Apologise,
Pull out his eyes,
Pull out his eyes,
Apologise.

1

[Bray: na sala da casa em Martello Terrace]

Sr. Vance—(chega com uma vara). . . Oh, a senhora entende, ele tem que pedir desculpas, sra. Joyce.

Sra. Joyce—Oh sim . . . Ouviu isso, Jim?

Sr. Vance—Senão—se ele não se desculpar—as águias vêm tirar os olhos dele fora.

Sra. Joyce—Oh, mas tenho certeza de que ele vai se desculpar.

Joyce—(*embaixo da mesa, para si mesmo*)

—Os olhos dele fora
Agora
Agora
Os olhos dele fora.

Agora
Os olhos dele fora
Os olhos dele fora
Agora.

2

No school tomorrow: it is Saturday night in winter: I sit by the fire. Soon they will be returning with provisions, meat and vegetables, tea and bread and butter, and white pudding that makes a noise on the pan . . . . I sit reading a story of Alsace, turning over the yellow pages, watching the men and women in their strange dresses. It pleases me to read of their ways; through them I seem to touch the life of a land beyond them to enter into communion with the German people. Dearest illusion, friend of my youth! . . . . . . In him I have imaged myself. Our lives are still sacred in their intimate sympathies. I am with him at night when he reads the books of the philosophers or some tale of ancient times. I am with him when he wanders alone or with one whom he has never seen, that young girl who puts around him arms that have no malice in them, offering her simple, abundant love, hearing and answering his soul he knows not how.

2

Não tem escola amanhã: é noite de sábado no inverno: estou sentado junto à lareira. Eles logo estarão de volta com mantimentos, carne e verduras, chá e pão e manteiga, e morcilha que faz um barulhinho na frigideira . . . . Estou sentado lendo uma história da Alsácia, passando as páginas amareladas, contemplando os homens e as mulheres em suas vestimentas estranhas. Gosto de ler sobre seus costumes; através deles tenho a sensação de sentir a vida de uma terra para além deles para entrar em comunhão com o povo germânico. Caríssima ilusão, amiga de minha juventude! . . . .
Nele tenho me espelhado. Nossas vidas ainda são sagradas em suas íntimas empatias. Estou com ele à noite quando vaga sozinho ou com alguém que ele nunca tinha visto, aquela mocinha que põe em volta dele braços que não carregam nenhuma malícia, oferecendo seu amor simples, abundante, ouvindo e respondendo à sua alma ele não sabe como.

3

The children who have stayed latest are getting on their things to go home for the party is over. This is the last tram. The lank brown horses know it and shake their bells to the clear night, in admonition. The conductor talks with the driver; both nod often in the green light of the lamp. There is nobody near. We seem to listen, I on the upper step and she on the lower. She comes up to my step many times and goes down again, between our phrases, and once or twice remains beside me, forgetting to go down, and then goes down . . . . . Let be; let be . . . . And now she does not urge her vanities—her fine dress and sash and long black stockings—for now (wisdom of children) we seem to know that this end will please us better than any end we have laboured for.

3

As crianças que tinham ficado até mais tarde estão vestindo suas coisas para ir embora pois a festa acabou. É o último bonde. Os magros cavalos baios sabem disso e chacoalham suas sinetas dentro da noite clara, em sinal de advertência. O condutor fala com o cocheiro; ambos cabeceiam com frequência à luz verde do lampião. Não há ninguém por perto. Nós parecemos ouvir, eu no estribo superior e ela no inferior. Ela sobe até o meu estribo muitas vezes e desce de novo, entre nossas frases, e uma ou duas vezes fica ao meu lado, esquecendo de descer, e depois desce . . . . . Que seja; que seja . . . . E agora ela não exibe seus adornos—o lindo vestido e o cinto e as longas meias pretas—pois agora (sabedoria de criança) parecemos saber que este final nos agradará mais do que qualquer final pelo qual labutamos.

Mountjoy Square,
Dublin, Irlanda, 1946

4

[Dublin: on Mountjoy Square]

Joyce—(*concludes*). . .That'll be forty thousand pounds.

Aunt Lillie—(*titters*)—O, laus!. . . .I was like that too. . . . . .
. . .When I was a girl I was *sure* I'd marry a
lord . . . or something. . .

Joyce—(*thinks*)—Is it possible she's comparing
herself with me?

4

[Dublin: na Mountjoy Square]

Joyce—(*conclui*). . .Isso dá quarenta mil libras.

Tia Lillie—(*risinhos*)—Oh, louvado!. . . .Eu também era assim. . . . . .
. . .Quando menina estava *certa* de que ia desposar um lorde . . . ou algo assim. . .

Joyce—(*pensa*) —É possível que ela esteja se comparando comigo?

5

High up in the old, dark-windowed house: firelight in the narrow room: dusk outside. An old woman bustles about, making tea; she tells of the changes, her odd ways, and what the priest and the doctor said . . . . . I hear her words in the distance. I wander among the coals, among the ways of adventure . . . . . . .Christ! What is in the doorway? . . . . .A skull —a monkey; a creature drawn hither to the fire, to the voices: a silly creature.

—Is that Mary Ellen?—

—No, Eliza, it's Jim—

—O. . . . . . O, goodnight, Jim—

—D'ye want anything, Eliza?—

—I thought it was Mary Ellen . . . . . I thought you were Mary Ellen, Jim—

5

No alto da casa velha de janelas escuras: luz da lareira na sala estreita: crepúsculo lá fora. Uma mulher velha se afana, fazendo chá; ela fala das mudanças, dos modos estranhos dela, e do que o padre e o doutor disseram . . . . . Ouço suas palavras a distância. Vago em meio aos carvões, em meio às vias de aventura . . . . . . .Cristo! O que é aquilo no vão da porta? . . . . .Um crânio—um macaco; uma criatura trazida até aqui junto ao fogo, junto às vozes: uma criatura boba.

—É a Mary Ellen?—

—Não, Eliza, é o Jim—

—Oh. . . . . . Oh, boa noite, Jim—

—Quer alguma coisa, Eliza?—

—Achei que fosse a Mary Ellen . . . . . Achei que você fosse a Mary Ellen, Jim—

6

A small field of stiff weeds and thistles alive with confused forms, half-men, half-goats. Dragging their great tails they move hither and thither, aggressively. Their faces are lightly bearded, pointed and grey as india-rubber. A secret personal sin directs them, holding them now, as in reaction, to constant malevolence. One is clasping about his body a torn flannel jacket; another complains monotonously as his beard catches in the stiff weeds. They move about me, enclosing me, that old sin sharpening their eyes to cruelty, swishing through the fields in slow circles, thrusting upwards their terrific faces. Help!

6

Um pequeno campo de hirtas ervas daninhas e cardos fervilha de formas confusas, metade homem, metade cabra. Arrastando as longas caudas movem-se pra cá e pra lá, agressivas. A cara é levemente barbada, pontuda e cinzenta como látex. Um secreto pecado pessoal as conduz, fazendo-as se agarrarem agora, como que em reação, a uma constante malevolência. Uma delas estreita em volta do corpo uma jaqueta rota de flanela; outra lamenta-se monotonamente quando a barba se prende nas hirtas ervas daninhas. Movem-se ao meu redor, cercando-me, o velho pecado aguçando-lhes a crueldade nos olhos, sibilando pelos campos em círculos lentos, arremetendo para o alto suas terríveis caras. Socorro!

7

It is time to go away now—breakfast is ready. I'll say another prayer . . . . . I am hungry; yet I would like to stay here in this quiet chapel where the mass has come and gone so quietly . . . . . Hail, holy Queen, Mother of Mercy, our life, our sweetness and our hope! Tomorrow and every day after I hope I shall bring you some virtue as an offering for I know you will be pleased with me if I do. Now, goodbye for the present . . . . . O, the beautiful sunlight in the avenue and O, the sunlight in my heart!

7

Já está na hora de ir – o café da manhã está pronto. Farei outra prece . . . . . Estou com fome; contudo gostaria de ficar aqui nesta capela calma onde a missa começou e terminou tão calmamente . . . . . Salve, sagrada Rainha, Mãe de Misericórdia, nossa vida, nossa brandura e nossa esperança! Amanhã e a cada dia espero trazer-vos alguma virtude como uma oferta pois sei que vós ficareis satisfeita comigo se eu assim fizer. Agora, adeus por enquanto . . . . . Oh, a bela luz do sol na avenida e Oh, a luz do sol no meu coração!

8

Dull clouds have covered the sky. Where three roads meet and before a swampy beach a big dog is recumbent. From time to time he lifts his muzzle in the air and utters a prolonged sorrowful howl. People stop to look at him and pass on; some remain, arrested, it may be, by that lamentation in which they seem to hear the utterance of their own sorrow that had once its voice but is now voiceless, a servant of laborious days. Rain begins to fall.

8

Nuvens escuras tinham coberto o céu. Onde três ruas se encontravam e diante de uma praia pantanosa um cachorrão está deitado. De quando em quando ele ergue o focinho no ar e solta um aulido lamuriento e prolongado. Pessoas param para vê-lo e seguem adiante; algumas continuam ali, arrebatadas, talvez, por aquele lamento no qual parecem ouvir a expressão de sua própria tristeza que teve uma vez sua voz mas está agora muda, uma serva de dias laboriosos. A chuva começa a cair.

9

[Mullingar: a Sunday in July: noon]

Tobin—(walking noisily with thick boots and tapping the road with his stick) . . . . O there's nothing like marriage for making a fellow steady. Before I came here to the *Examiner* I used knock about with fellows and boose. . . .Now I've a good house and. . . . .I go home in the evening and if I want a drink. . . . . . well, I can have it. . . .My advice to every young fellow that can afford it is: marry young.

9

[Mullingar: um domingo em julho: meio-dia]

Tobin—(caminhando ruidosamente com botas grossas e dando pancadinhas na estrada com seu bastão) . . . . Oh não há nada como o casamento para fazer um sujeito se aquietar. Antes de vir aqui para o *Examiner* costumava ficar por aí com os amigos tomando uns tragos. . . .Agora tenho uma boa casa e. . . . .volto pra lá de tardezinha e se quiser uma bebida. . . . . .bem, posso tomar. . . .Meu conselho a todo sujeito jovem que tenha condições é: case jovem.

10

[Dublin: in the Stag's Head,
Dame Lane]

O'Mahony—Haven't you that little priest that
writes poetry over there—Fr Russell?

Joyce—O, yes. . .I hear he has written verses.

O'Mahony—(*smiling adroitly*). . .Verses, yes. . .that's
the proper name for them. . . .

10

[Dublin: no Stag's Head, Dame Lane]

O'Mahony—Ficou sabendo sobre aquele padreco que escreve poesia lá—o frei Russell?

Joyce—Ah, sim. . .Ouvi dizer que ele escreveu uns versos.

O'Mahony—(*sorrindo ardilosamente*). . .Versos, sim. . .é o nome apropriado para eles. . . .

11

[Dublin: at Sheehy's, Belvedere Place]

Joyce—I knew you meant him. But you're wrong about his age.

Maggie Sheehy—(*leans forward to speak seriously*). Why, how old is he?

Joyce—Seventy-two.

Maggie Sheehy—Is he?

11

[Dublin: na casa dos Sheehys, Belvedere Place]

Joyce—Sabia que vocês se referiam a ele. Mas vocês se enganam quanto à idade.

Maggie Sheehy—(*inclina-se para a frente para falar seriamente*). Então, quantos anos ele tem?

Joyce—Setenta e dois.

Maggie Sheehy—É mesmo?

12

[Dublin: at Sheehy's, Belvedere Place]

O'Reilly—(*with developing seriousness*). . . .Now it's my turn, I suppose. . . . .(*quite seriously*). . . .Who is your favourite poet?

(*a pause*)

Hanna Sheehy—. . . . . . .German?

O'Reilly—. . . . . .Yes.

(*a hush*)

Hanna Sheehy—. .I think. . . . .Goethe. . . . .

12

[Dublin: na casa dos Sheehys, Belvedere Place]

O'Reilly—(*com seriedade crescente*). . . .Agora é a minha vez, suponho. . . . .(*muito seriamente*). . . .Quem é seu poeta predileto?

(*uma pausa*)

Hanna Sheehy—. . . . . . .Alemão?

O'Reilly—. . . . . .Sim.

(*silêncio*)

Hanna Sheehy—. .Acho que. . . . .Goethe. . . . .

13

[Dublin: at Sheehy's, Belvedere Place]

Fallon—(*as he passes*)—I was told to congratulate you especially on your performance.

Joyce—Thank you.

Blake—(*after a pause*). .I'd never advise anyone to. . .O, it's a terrible life! . . . .

Joyce—Ha.

Blake—(*between puffs of smoke*)—of course. . .it looks all right from the outside. . .to those who don't know. . . .But if you knew. . . .it's really terrible. A bit of candle, no. . .dinner, squalid . . . .poverty. You've no idea simply. . . .

13

[Dublin: na casa dos Sheehys, Belvedere Place]

Fallon—(*de passagem*)—Disseram-me para parabenizá-lo em especial por seu desempenho.

Joyce—Obrigado.

Blake—(*após uma pausa*). .Nunca aconselharia ninguém a. . .Oh, é uma vida terrível! . . . .

Joyce—Ah.

Blake—(*entre baforadas de fumo*)—claro. . .parece tudo muito bem visto de fora. . .para os que não conhecem. . . .Mas para quem conhece. . . .é realmente terrível. Um toco de vela, nenhuma. . .comida, esquálido . . . .pobreza. Você simplesmente não faz ideia. . . .

14

[Dublin: at Sheehy's, Belvedere Place]

Dick Sheehy—What's a lie? Mr Speaker, I must ask. . .
Mr Sheehy—Order, order!
Fallon—You know it's a lie!
Mr Sheehy—You must withdraw, sir.
Dick Sheehy—As I was saying. . . .
Fallon—No, I won't.
Mr Sheehy—I call on the honourable member
for Denbigh. . . . Order, order! . . .

14

[Dublin: na casa dos Sheehys, Belvedere Place]

Dick Sheehy— O que é uma mentira? Sr. Presidente, tenho que perguntar. . .

Sr. Sheehy—Ordem, ordem!

Fallon—O senhor sabe que é uma mentira!

Sr. Sheehy—Deve se retirar, senhor.

Dick Sheehy—Como eu estava dizendo. . . .

Fallon—Não, não o farei.

Sr. Sheehy—Faço um apelo ao honorável deputado por Denbigh . . . . Ordem, ordem! . . .

Velho no pub de Barney Kiernan,
com um cartaz de assassinos,
Dublin, Irlanda, 1946

15

[In Mullingar: an evening
in autumn]

The Lame Beggar—(*gripping his stick*). . . .It was
you called out after me yesterday.

The Two Children—(*gazing at him*). . .No, sir.

The Lame Beggar—O, yes it was, though. . . .(*moving
his stick up and down*). . . .But
mind what I'm telling you. . . .
D'ye see that stick?

The Two Children—Yes, sir.

The Lame Beggar—Well, if ye call out after me
any more I'll cut ye open with
that stick. I'll cut the livers
out o'ye. . . .(*explains himself*)
. . .D'ye hear me? I'll cut ye
open. I'll cut the livers and
the lights out o'ye.

15

[Em Mullingar: um fim de tarde no outono]

O Mendigo Cocho—(*brandindo o bastão*). . . .Foram vocês que gritaram atrás de mim ontem.

As Duas Crianças—(*os olhos grudados nele*). . .Não, senhor.

O Mendigo Cocho—Ah, foram sim, mesmo que. . . .(*levantando e baixando o bastão*). . . .Mas escutem bem o que vou dizer pra vocês. . . . Tão vendo este bastão?

As Duas Crianças—Sim, senhor.

O Mendigo Cocho—Bom, se gritarem atrás de mim outra vez vou rachar vocês pelo meio com este bastão. Vou arrancar o fígado de vocês. . . .(*se explica*). . .Tão me escutando? Vou rachar vocês. Vou arrancar o fígado e as vistas de vocês.

16

A white mist is falling in slow flakes. The path leads me down to an obscure pool. Something is moving in the pool; it is an arctic beast with a rough yellow coat. I thrust in my stick and as he rises out of the water I see that his back slopes towards the croup and that he is very sluggish. I am not afraid but, thrusting at him often with my stick drive him before me. He moves his paws heavily and mutters words of some language which I do not understand.

16

Uma névoa branca cai em flocos lentos. A trilha me conduz até um charco obscuro. Alguma coisa se mexe no charco; é um bicho ártico de pelo amarelo áspero. Meto o meu bastão e enquanto ele surge da água vejo que suas costas se curvam em direção à anca e que ele é muito moroso. Não estou com medo mas cutucá-lo repetidas vezes com meu bastão faz com que ele se aproxime de mim. Ele move suas patas pesadamente e murmura palavras de alguma língua que não compreendo.

17

[Dublin: at Sheehy's, Belvedere
Place]

Hanna Sheehy—O, there are sure to be great crowds.
Skeffington—In fact it'll be, as our friend
Jocax would say, the day of the
rabblement.
Maggie Sheehy—(*declaims*)—Even now the
rabblement may be standing
by the door!

17

[Dublin: na casa dos Sheehys, Belvedere Place]

Hanna Sheehy—Ah, certamente haverá grandes multidões.

Skeffington—De fato, será, como diria nosso amigo Jocax, o dia da turbamulta.

Maggie Sheehy—(*declama*)—Agora mesmo a turbamulta pode estar à porta!

18

[Dublin, on the North Circular
Road: Christmas]

Miss O'Callaghan—(*lisps*)—I told you the name,
The Escaped Nun.

Dick Sheehy—(*loudly*)—O, I wouldn't read
a book like that. . .I must
ask Joyce. I say, Joyce, did
you ever read *The Escaped*
Nun?

Joyce—I observe that a certain
phenomenon happens about
this hour.

Dick Sheehy—What phenomenon?

Joyce—O. . .the stars come out.

Dick Sheehy—(*to Miss O'Callaghan*). .Did you
ever observe how. . .the
stars come out on the end
of Joyce's nose about this
hour? . . .(*she smiles*). .Because
I observe that phenomenon.

18

[Dublin, na North Circular Road: Natal]

Srta. O'Callaghan—(*ceceia*)—Eu lhe disse o nome, *A freira escapada.*

Dick Sheehy—(*alto*)—Ah, eu não leria um livro desses. . .Tenho que perguntar ao Joyce. Diga-me, Joyce, você alguma vez leu *A freira escapada*?

Joyce—Observo que um certo fenômeno ocorre por volta dessa hora.

Dick Sheehy—Que fenômeno?

Joyce—Ah. . .as estrelas surgem.

Dick Sheehy—(*à srta. O'Callaghan*). .Você alguma vez observou como. . .as estrelas surgem na ponta do nariz de Joyce por volta dessa hora? . . .(*ela sorri*). .Porque eu observo esse fenômeno.

19

[Dublin: in the house in
Glengariff Parade: evening]

Mrs Joyce—(*crimson, trembling, appears at the parlour door*). . .Jim!

Joyce—(*at the piano*). . .Yes?

Mrs Joyce—Do you know anything about the body? . . .What ought I do?. . .There's some matter coming away from the hole in Georgie's stomach. . . . Did you ever hear of that happening?

Joyce—(*surprised*). . .I don't know. . . .

Mrs Joyce—Ought I send for the doctor, do you think?

Joyce—I don't know. . . . . .What hole?

Mrs Joyce—(*impatient*). . .The hole we all have . . . . .here (*points*)

Joyce—(*stands up*)

19

[Dublin: em casa na Glengariff Parade: fim de tarde]

Sra. Joyce—(*toda vermelha, tremendo, aparece na porta da sala*). . .Jim!

Joyce—(*ao piano*). . .Sim?

Sra. Joyce—Você sabe alguma coisa sobre o corpo?. . .Que devo fazer? . . .Tem um pus escorrendo do buraco da barriga do Georgie. . . . Você alguma vez ouviu falar de algo parecido?

Joyce—(*surpreso*). . .Não sei. . . .

Sra. Joyce—Devo mandar buscar o doutor, você acha?

Joyce—Não sei. . . . . .Que buraco?

Sra. Joyce—(*impaciente*). . .O buraco que todos nós temos. . . . . aqui (*aponta*)

Joyce—(*levanta-se*)

20

They are all asleep. I will go up now . . . . . He lies on my bed where I lay last night: they have covered him with a sheet and closed his eyes with pennies. . . . Poor little fellow! We have often laughed together—he bore his body very lightly . . . . I am very sorry he died. I cannot pray for him as the others do . . . . . Poor little fellow! Everything else is so uncertain!

20

Estão todos dormindo. Vou subir agora . . . . . Ele está deitado na minha cama onde eu estava deitado ontem à noite: cobriram-no com um lençol e fecharam-lhe os olhos com moedinhas. . . . Pobre criaturinha! Rimos juntos muitas vezes—ele conduzia o seu corpo muito levemente . . . . Sinto muito sua morte. Não consigo rezar por ele como os outros fazem . . . . . Pobre criaturinha! Tudo o mais é tão incerto!

21

Two mourners push on through the crowd. The girl, one hand catching the woman's skirt, runs in advance. The girl's face is the face of a fish, discoloured and oblique-eyed; the woman's face is small and square, the face of a bargainer. The girl, her mouth distorted, looks up at the woman to see if it is time to cry; the woman, settling a flat bonnet, hurries on towards the mortuary chapel.

21

Duas carpideiras abrem caminho por entre a multidão. A menina, uma mão grudada na saia da mãe, corre na frente. A face da menina é a face de um peixe, descorada e de olhos oblíquos; a face da mulher é pequena e quadrada, a face de alguém que regateia. A menina, a boca contorcida, ergue os olhos em direção à mulher para ver se é hora de chorar; a mulher, ajeitando um gorro achatado, se apressa em direção à capela mortuária.

TURN RIGHT

Florista na esquina da Grafton Street,
Dublin, Irlanda, 1946

22

[Dublin: in the National Library]

Skeffington—I was sorry to hear of the death of
your brother. . . .sorry we didn't
know in time. . . . .to have been at
the funeral. . . . .

Joyce—O, he was very young. . . .a boy. . . .

Skeffington—Still. . . . .it hurts. . . .

22

[Dublin: na Biblioteca Nacional]

Skeffington—Lamentei saber da notícia da morte de seu irmão. . . . lamentei não termos sabido a tempo. . . . .de ter estado no funeral. . . . .

Joyce—Oh, ele era muito novo. . . .um menino. . . .

Skeffington—Mesmo assim. . . . .dói. . . .

23

That is no dancing. Go down before the people, young boy, and dance for them. . . . He runs out darkly-clad, lithe and serious to dance before the multitude. There is no music for him. He begins to dance far below in the amphitheatre with a slow and supple movement of the limbs, passing from movement to movement, in all the grace of youth and distance, until he seems to be a whirling body, a spider wheeling amid space, a star. I desire to shout to him words of praise, to shout arrogantly over the heads of the multitude 'See! See!' . . . . . His dancing is not the dancing of harlots, the dance of the daughters of Herodias. It goes up from the midst of the people, sudden and young and male, and falls again to earth in tremulous sobbing to die upon its triumph.

23

Isso não é dançar. Desce até à frente das pessoas, menininho, e dança para elas. . . . Ele sai correndo vestido de preto, leve e sério para dançar diante da multidão. Não há nenhuma música para ele. Começa a dançar bem no fundo do anfiteatro com um movimento lento e elástico dos braços e das pernas, passando de um movimento ao outro, com toda a graça da juventude e da distância, até ficar parecendo um corpo em rodopio, uma aranha girando no espaço, uma estrela. Desejo gritar-lhe elogios, gritar orgulhosamente por sobre as cabeças da multidão "Vejam! Vejam!" . . . . . Seu dançar não é o dançar das meretrizes, a dança das filhas de Herodias. É um dançar que se ergue do meio do povo, repentino e jovem e másculo, e tomba de novo à terra num trêmulo soluçar para morrer sobre seu triunfo.

24

Her arm is laid for a moment on my knees and then withdrawn, and her eyes have revealed her—secret, vigilant, an enclosed garden—in a moment. I remember a harmony of red and white that was made for one like her, telling her names and glories, bidding her arise as for espousal, and come away, bidding her look forth, a spouse, from Amana and from the moutain of the leopards. And I remember that response whereto the perfect tenderness of the body and the soul with all its mystery have gone: *Inter ubera mea commorabitur.*

24

O braço dela repousa por um instante nos meus joelhos e então se retrai, e seus olhos revelaram-na—secreta, vigilante, um jardim cercado—num instante. Lembro uma harmonia de rubro e branco que era feita para alguém como ela, dizendo-lhe nomes e glórias, convidando-a a se erguer, como que para esponsais, e a partir, convidando-a a olhar em frente, um esposo, desde de Amana e da montanha dos leopardos. E lembro aquela resposta para a qual a perfeita ternura do corpo e da alma com todo o seu mistério tinha se dirigido: *Inter ubera mea commorabitur.*

25

The quick light shower is over but tarries, a cluster of diamonds, among the shrubs of the quadrangle where an exhalation arises from the black earth. In the colonnade are the girls, an April company. They are leaving shelter, with many a doubting glance, with the prattle of trim boots and the pretty rescue of petticoats, under umbrellas, a light armoury, upheld at cunning angles. They are returning to the convent—demure corridors and simple dormitories, a white rosary of hours—having heard the fair promises of Spring, that well-graced ambassador . . . .

Amid a flat rain-swept country stands a high plain building, with windows that filter the obscure daylight. Three hundred boys, noisy and hungry, sit at long tables eating beef fringed with green fat and vegetables that are still rank of the earth.

25

A chuva leve e rápida acabou mas se prolonga, um cacho de diamantes, por entre os arbustos do quadrângulo onde uma exalação sobe da terra negra. Na colunata estão as garotas, uma companhia de abril. Estão deixando o abrigo, com muitas espiadas de dúvida, com a garrulice das botas bem cuidadas e o belo socorro das saias, embaixo de sombrinhas, um arsenal leve, seguradas sob ângulos astuciosos. Estão voltando ao convento—corredores recatados e quartos simples, um rosário branco de horas—tendo ouvido as promessas da primavera, este embaixador carregado de graças . . . .

No meio de um campo raso lavado pela chuva ergue-se um edifício alto, simples, com janelas que filtram a obscura luz do dia. Trezentos garotos, barulhentos e esfomeados, estão sentados junto a mesas compridas comendo bife guarnecido com banha verde e verduras que ainda cheiram a terra.

26

She is engaged. She dances with them in the round—a white dress lightly lifted as she dances, a white spray in her hair; eyes a little averted, a faint glow on her cheek. Her hand is in mine for a moment, softest of merchandise.

—You very seldom come here now.—

—Yes I am becoming something of a recluse.—

—I saw your brother the other day . . . . . . He is very like you.—

—Really?—

She dances with them in the round—evenly, discreetly, giving herself to no one. The white spray is ruffled as she dances, and when she is in shadow the glow is deeper on her cheek.

26

Ela está comprometida. Baila com eles na roda—um vestido branco levemente levantado enquanto baila, um ramalhete branco no cabelo; os olhos um pouco desviados, um leve rubor no rosto. A mão dela na minha por um instante, a mais tenra das mercadorias.

—Agora você vem aqui muito raramente.—

—Sim, estou me tornando uma espécie de recluso.—

—Vi seu irmão no outro dia . . . . . . É muito parecido com você.—

—É mesmo?—

Ela baila com eles na roda—imparcial, discreta, sem se entregar a ninguém. O ramalhete branco se desarranja ao bailar, e quando fica na penumbra o rubor no rosto se aprofunda.

27

Faintly, under the heavy summer night, through the silence of the town which has turned from dreams to dreamless sleep as a weary lover whom no carresses [*sic*] move, the sound of hoofs upon the Dublin road. Not so faintly now as they come near the bridge; and in a moment as they pass the dark windows the silence is cloven by alarm as by an arrow. They are heard now far away—hoofs that shine amid the heavy night as diamonds, hurrying beyond the grey, still marshes to what journey's end —what heart—bearing what tidings?

27

Débil, sob a noite carregada de verão, através do silêncio da vila que passou dos sonhos ao sono sem sonhos, como um amante exausto que nenhuma carícia comove, o som de cascos na estrada para Dublin. Não tão débil agora à medida que se aproximam da ponte: e num instante, enquanto passam pelas janelas escurecidas, o silêncio é transpassado pelo alarme como se fosse por uma flecha. São agora ouvidos muito longe—cascos que brilham em meio à pesada noite como diamantes, apressando-se para além dos adormecidos charcos cinzentos para qual fim de jornada—para qual coração—levando quais notícias?

Martello Tower e crianças jogando futebol,
Sandy Cove, Dublin, Irlanda, 1946

28

A moonless night under which the waves gleam feebly. The ship is entering a harbour where there are some lights. The sea is uneasy, charged with dull anger like the eyes of an animal which is about to spring, the prey of its own pitiless hunger. The land is flat and thinly wooded. Many people are gathered on the shore to see what ship it is that is entering their harbour.

28

Uma noite sem luar sob a qual as ondas brilham debilmente. O navio está entrando num porto onde há algumas luzes. O mar está inquieto, carregado de uma raiva cega como os olhos de um animal que está prestes a saltar, a presa de sua própria e impiedosa fome. A terra é plana e esparsamente arborizada. Muitas pessoas estão reunidas na praia para ver que navio é aquele que está entrando em seu porto.

29

A long curving gallery: from the floor arise pillars of dark vapours. It is peopled by the images of fabulous kings, set in stone. Their hands are folded upon their knees, in token of weariness, and their eyes are darkened for the errors of men go up before them for ever as dark vapours.

29

Um corredor longo e sinuoso: do assoalho sobem pilares de vapores negros. Está povoado pelas imagens de reis fabulosos, fixados em pedra. Suas mãos estão dobradas sobre os joelhos, em sinal de cansaço, e seus olhos estão enegrecidos, pois os erros dos homens sobem eternamente diante deles como vapores negros.

30

The spell of arms and voices—the white arms of roads, their promise of close embraces, and the black arms of tall ships that stand against the moon, their tale of distant nations. They are held out to say: We are alone,—come. And the voices say with them, We are your people. And the air is thick with their company as they call to me their kinsman, making ready to go, shaking the wings of their exultant and terrible youth.

30

O feitiço de braços e vozes—os alvos braços das estradas, sua promessa de abraços apertados, e os braços negros dos altos veleiros que se destacam contra a lua, suas histórias de terras distantes. Eles estão estendidos para dizer: Estamos sós,—venha. E as vozes dizem com eles: Somos sua gente. E o ar está cheio de seu séquito enquanto chamam a mim, homem de seu clã, aprontando-me para partir, sacudindo as asas de sua exultante e terrível juventude.

31

Here are we come together, wayfarers; here are we housed, amid intricate streets, by night and silence closely covered. In amity we rest together, well content, no more remembering the deviousness of the ways that we have come. What moves upon me from the darkness subtle and murmurous as a flood, passionate and fierce with an indecent movement of the loins? What leaps, crying in answer, out of me, as eagle to eagle in mid air, crying to overcome, crying for an iniquitous abandonment?

31

Aqui estamos reunidos, viandantes; aqui estamos alojados, em meio a intrincadas ruas, pela noite e pelo silêncio estreitamente cobertas. Na amizade repousamos juntos, satisfeitos, não lembrando mais o desvio dos caminhos pelos quais chegamos. O que se move sobre mim desde a escuridão, sutil e murmurante como uma enxurrada, apaixonado e feroz com um movimento indecente dos quadris? O que salta de mim, gritando em resposta, como uma águia a outra lá no alto, gritando para vencer, gritando por causa de um iníquo abandono?

32

The human crowd swarms in the enclosure, moving through the slush. A fat woman passes, her dress lifted boldly, her face nozzling in an orange. A pale young man with a Cockney accent does tricks in his shirtsleeves and drinks out of a bottle. A little old man has mice on an umbrella; a policeman in heavy boots charges down and seizes the umbrella: the little old man disappears. Bookies are bawling out names and prices; one of them screams with the voice of a child—"Bonny Boy!" "Bonny Boy!" . . .Human creatures are swarming in the enclosure, moving backwards and forwards through the thick ooze. Some ask if the race is going on; they are answered "Yes" and "No." A band begins to play. . . . . . A beautiful brown horse, with a yellow rider upon him, flashes far away in the sunlight.

32

A multidão humana fervilha no cercado, caminhando pela lama. Uma mulher gorda passa, seu vestido atrevidamente levantado, seu rosto enfiado numa laranja. Um jovem pálido com sotaque cockney faz truques nas mangas da camisa e bebe de uma garrafa. Um velho baixinho tem ratos em cima de um guarda-chuva; um policial em pesadas botas corre em sua direção e apreende o guarda-chuva: o velho baixinho desaparece. Agenciadores de apostas berram nomes e valores; um deles grita com voz de criança—"Bonny Boy!" "Bonny Boy!" . . .Criaturas humanas fervilham no cercado, caminhando para trás e para diante pelo grosso lodaçal. Alguns perguntam se a corrida está acontecendo; respondem-lhes "Sim" e "Não". Uma banda começa a tocar. . . . . . Um belo cavalo baio, com um jóquei amarelo em cima, chispa longe sob a luz do sol.

33

They pass in twos and threes amid the life of the boulevard, walking like people who have leisure in a place lit up for them. They are in the pastry cook's, chattering, crushing little fabrics of pastry, or seated silently at tables by the café door, or descending from carriages with a busy stir of garments soft as the voice of the adulterer. They pass in an air of perfumes: under the perfumes their bodies have a warm humid smell . . . . . No man has loved them and they have not loved themselves: they have given nothing for all that has been given them.

33

Elas passam em duplas e trios em meio à vida do bulevar, andando como pessoas que têm tempo livre num lugar todo iluminado para elas. Estão na confeitaria, tagarelando, triturando pequenas armações de gulodices, ou em silêncio junto a mesas à porta do café, ou descendo de carruagens com uma irrequieta agitação de panos macios como a voz da adúltera. Elas passam sob um ar de perfumes: sob os perfumes seus corpos têm um morno cheiro úmido . . . . . Nenhum homem as amou e elas não amaram a si mesmas: elas não têm dado nada por tudo que lhes tem sido dado.

North Richmond Street,
com carroça e cavalo,
Dublin, Irlanda, 1946

& CO. LTD.

34

She comes at night when the city is still; invisible, inaudible, all unsummoned. She comes from her ancient seat to visit the least of her children, mother most venerable, as though he had never been alien to her. She knows the inmost heart; therefore she is gentle, nothing exacting; saying, I am susceptible of change, an imaginative influence in the hearts of my children. Who has pity for you when you are sad among the strangers? Years and years I loved you when you lay in my womb.

34

Ela vem à noite quando a cidade está parada; invisível, inaudível, sem que ninguém a chame. Ela vem de sua antiga sede para visitar o mais baixo de seus filhos, mãe veneradíssima, como se ele nunca lhe tivesse sido estranho. Ela conhece o coração mais recôndito; por isso ela é delicada, nada exigindo; dizendo: sou suscetível à mudança, uma influência imaginativa nos corações de meus filhos. Quem tem piedade de você quando está triste entre estranhos? Por anos e anos eu o amei quando você repousava em meu ventre.

35

[London: in a house at
Kennington]

Eva Leslie—Yes, Maudie Leslie's my sister an'
Fred Leslie's my brother—yev
'eard of Fred Leslie? . . .(*musing*). . .
O, 'e's a whoite-arsed bugger. . .'E's
awoy at present. . . . . . .

(*later*)

I told you someun went with me
ten toimes one noight. . . .That's
Fred—my own brother Fred. . . .
(*musing*). . .'E is 'andsome. . .O I
do love Fred. . . .

35

[Londres: numa casa em Kennington]

Eva Leslie—Sim, a Maudie Leslie é minha irmã e o Fred Leslie é meu irmão—ouviu falar do Fred Leslie? . . . (*pensativa*) . . . Ah, ele é um frouxo dum viado. . . Está fora no momento. . . . . . .

(*mais tarde*)

Te disse que um homem ficou comigo dez vezes uma noite. . . .Esse é o Fred—o meu irmão Fred. . . . (*pensativa*). . . Ele é demais. . .Ah, amo demais o Fred. . . .

36

Yes, they are the two sisters. She who is churning with stout arms (their butter is famous) looks dark and unhappy: the other is happy because she had her way. Her name is R. . . . Rina. I know the verb 'to be' in their language.

—Are you Rina?—

I knew she was.

But here he is himself in a coat with tails and an old-fashioned high hat. He ignores them: he walks along with tiny steps, jutting out the tails of his coat. . . . My goodness! how small he is! He must be very old and vain. . . . .Maybe he isn't what I. . .It's funny that those two big women fell out over this little man. . . .But then he's the greatest man in the world. . . .

36

Sim, elas são as duas irmãs. A que está batendo o creme com braços robustos (a manteiga delas é famosa) parece sombria e infeliz: a outra está feliz porque teve o que quis. O nome dela é R. . . . Rina. Eu sei o verbo "ser" na língua delas.

—Você é a Rina?—

Eu sabia que era.

Mas aqui está ele em pessoa num fraque e uma cartola demodê. Ele as ignora: caminha com pequenas passadas, espichando as caudas do fraque. . . .Meu Deus! como ele é pequeno! Deve ser muito velho e vaidoso. . . . .Talvez ele não seja o que eu. . .É engraçado que essas duas mulheres altas tenham brigado por esse homenzinho. . . .Mas por outro lado ele é o maior dos homens do mundo. . . .

37

I lie along the deck, against the engine-house, from which the smell of lukewarm grease exhales. Gigantic mists are marching under the French cliffs, enveloping the coast from headland to headland. The sea moves with the sound of many scales. . . . Beyond the misty walls, in the dark cathedral church of Our Lady, I hear the bright, even voices of boys singing before the altar there.

37

Estou deitado ao longo do convés, encostado à casa de máquinas, de onde exala o cheiro de graxa morna. Névoas gigantes marcham sob as falésias francesas, envolvendo a costa de um promontório ao outro. O mar se move com o som de muitas escalas. . . . Para além dos muros enevoados, na escura catedral de Nossa Senhora, ouço as brilhantes e uníssonas vozes de meninos cantando lá diante do altar.

38

[Dublin: at the corner of
Connaught St., Phibsborough]

The Little Male Child—(*at the garden gate*). .Na. .o.

The First Young Lady—(*half kneeling, takes his hand*)—Well, is Mabie
your sweetheart?

The Little Male Child—Na. . .o.

The Second Young Lady—(*bending over him, looks up*)—*Who* is your
sweetheart?

38

[Dublin: na esquina da Connaught St., Phibsborough]

O Menininho—(*junto ao portão do jardim*). .Na. .o.

A Primeira Mocinha—(*meio que se ajoelhando, toma-lhe as mãos*)-
—Mabie é mesmo a sua namoradinha?

O Menininho—Na. . .o.

A Segunda Mocinha—(*abaixando-se à sua altura, ergue os olhos*)
—*Quem* é a sua namoradinha?

39

She stands, her book held lightly at her breast, reading the lesson. Against the dark stuff of her dress her face, mild-featured with downcast eyes, rises softly outlined in light; and from a folded cap, set carelessly forward, a tassel falls along her brown ringletted hair . . .

What is the lesson that she reads—of apes, of strange inventions, or the legends of martyrs? Who knows how deeply meditative, how reminiscent is this comeliness of Raffaello?

39

Ela está de pé, o livro levemente apoiado no peito, lendo a lição. Contra a lã escura do vestido, seu rosto, de feições suaves e olhos abatidos, ergue-se suave delineado sob a luz; e da touca dobrada, descuidadamente jogada para a frente, uma borla cai ao longo dos cabelos castanhos cacheados . . .

Que lição ela lê—sobre macacos, sobre invenções estranhas, ou sobre as histórias dos mártires? Quem sabe quão profundamente meditativa, quão reminiscente de Rafaello é essa delicadeza?

40

in O'Connell St:
[Dublin: ^ in Hamilton Long's,
the chemists's]

Gogarty—Is that for Gogarty?

pay
The Assistant—(*looks*)—Yes, sir. . .Will you ~~take~~
~~it with you?~~ for it now?

Gogarty—No, ~~send it~~ put it in the
account; send it on. You know
the address.

(*takes a pen*)
The Assistant—~~Yes~~ Ye—es.

Gogarty—5 Rutland Square.

while
The Assistant—(*half to himself* ~~*as*~~ *he writes*)
. . 5. . .Rutland. . .Square.

40

[Dublin: na O'Connell St., na farmácia do Hamilton Long]

Gogarty—Isso é para Gogarty?

O Ajudante—(*olha*)—Sim, senhor. . .Vai pagar agora?

Gogarty—Não, põe na conta; manda para casa. O senhor sabe o endereço.

O Ajudante—(*pega uma caneta*)—Si—im. Gogarty—5 Rutland Square.

O Ajudante—(*meio que para si mesmo enquanto escreve*). . 5. . . *Rutland*. . .Square.

Millimount Avenue, n.º 2
(onde Joyce morou),
Dublin, Irlanda, 1946

Notas

Por volta de 1901, Joyce começou a tomar nota de cenas e episódios, breves e independentes, que ele chamou de "epifanias". Em 9 de março de 1903, ele escreveu, de Paris, ao irmão Stanislaus: "Escrevi quinze epifanias, das quais doze são inserções e três, acréscimos". A frase de Joyce faz supor que suas epifanias, embora independentes, eram parte de uma sequência numerada, o que parece ser confirmado por uma observação de Stanislaus, em seu livro *My Brother's Keeper*, referindo-se à epifania de n.º 21: "Dois ou três meses depois da morte de minha mãe [agosto de 1903] encontrei o seguinte texto acrescentado à série de epifanias de meu irmão".

Supõe-se que a fase epifânica, em seu estágio de simples anotações independentes, tenha durado até o final de 1903 ou início de 1904. Mas elas foram reaproveitadas, seguindo estratégias variadas de reelaboração (discutidas por Ilaria Natali em seu posfácio à presente edição), nos romances que começava a escrever, sobretudo em *Stephen Hero* e *Um retrato do artista quando jovem*. No primeiro foram reaproveitadas quatorze delas (treze, na contagem de Ilaria Natali, possivelmente por ela não ter contado a epifania de n.º 16, referida muito breve e cifradamente em *SH*); no segundo, doze. É possível detectar quatorze das epifanias, algumas delas quase irreconhecíveis, em *Ulisses*. Há quem veja traços delas também em *Finnegans Wake*, supostamente, em sete passagens. Excetuando-se a passagem analisada por Ilaria Natali, em seu posfácio, pode-se duvidar das outras identificações.

O total das quarenta epifanias que chegaram até nós foi publicado, pela primeira vez, por Robert Scholes e Richard M. Kain, em 1965, no livro *The Workshop of Daedalus*. Supõe-se, por alguns indícios da documentação existente, que Joyce tenha escrito ao menos setenta e uma epifanias. Das quarenta que restaram, vinte e duas, na letra do próprio James Joyce, estão arquivadas na Universidade de Nova York, em Buffalo. Outras vinte e quatro, transcritas, com exceção de uma (a de n.º 40 da lista de Scholes e Kain, que está na letra de James), por Stanislaus Joyce, das quais algumas são duplicatas das de Buffalo, estão localizadas na coleção joyceana da Universidade de Cornell. As de Buffalo foram publicadas pela primeira vez por O. A. Silverman, no livro *Epiphanies*, em 1956.

Para um relato da descoberta recente de outra cópia de algumas das epifanias, mas que não acrescenta nenhuma epifania "nova" às já conhecidas, ver Sangam MacDuff, "The Yale Epiphanies: A New Typescript". As correspondências entre as epifanias da coletânea e os livros *Stephen Hero* (SH) e *Um retrato do artista quando jovem* (R) remetem às seguintes edições desses livros: *Um retrato do artista quando jovem*. Trad. Tomaz Tadeu. Autêntica, 2018; *Stephen Hero*. New Directions, 1955. Para as correspondências com *Ulisses* e *Finnegans* Wake, ver o ensaio, citado acima, de Sangam MacDuff.

No livro de Robert Scholes e Richard M. Kain, *The Workshop of Daedalus*, as quarenta epifanias são transcritas seguindo o layout dos manuscritos arquivados em Cornell e em Buffalo, ou seja, em "estado bruto". Na presente edição, manteve-se esse mesmo layout na transcrição do original. No texto traduzido, entretanto, a disposição das linhas e parágrafos foi parcialmente normalizada.

Epifania 1 – R: p. 10. "Bray: Martello Terrace": refere-se à rua Martello Terrace, situada no subúrbio litorâneo de Dublin, Bray, onde a família Joyce morou entre 1887 e 1891. Em *Um retrato*, Joyce trocou a figura do sr. Vance pela de Dante. Além disso, entre outras mudanças óbvias, retirou a indicação de que os versinhos são ditos pelo infante Joyce.

Epifania 2 – segundo Stanislaus Joyce, em *My Brother's Keeper*, as leituras referidas nesta epifania são de livros de Erckmann-Chatrian, que era a forma como, em geral, os escritores franceses Émile Erckmann (1822-1899) e Alexandre Chatrian (1826-1890) assinavam suas obras conjuntas. Stanislaus menciona, particularmente, os livros *L'Invasion*, *L'Ami Fritz* e *Le Juif Polonais*.

Epifania 3 – SH: p. 67-68; R: p. 65.

Epifania 4 – David Kurnik, em *Empty Houses: Theatrical Failure and the Novel*, p. 159, observa que esta epifania e a seguinte partilham o fato de que as tias de Joyce o tomam por mulher. Ele sugere que as duas epifanias expõem menos alguma dificuldade perceptiva por parte das tias e mais certa feminilidade do próprio Joyce. Nessa perspectiva, a "comparação" da pergunta de Joyce a si mesmo, na epifania de n.º 4, se referiria ao gênero: "será que ela está me tomando por uma mocinha?".

Epifania 5 – R: p. 65. Richard Ellmann, em sua biografia de Joyce (*James Joyce*. Oxford University Press, 1983, p. 84), especula que esta cena teria se passado na casa onde moravam suas tias-avós, no n.º 15 da Usher Island, após a morte da sra. Ellen Callanan (uma das tias, que serviu de modelo para uma das irmãs em *Os mortos*). Usher's Island é, na verdade, uma rua, situada no cais de mesmo nome, na margem sul do rio Liffey, a oeste da região central de Dublin.

Epifania 6 – R: p. 128. Num esquema que Joyce fez para *Stephen Hero*, esta epifania é referida por ele como a "Epifania do inferno" (v. Scholes e Kain, *The Workshop of Daedalus*, p. 69).

Epifania 8 – SH: p. 38.

Epifania 9 – SH: p. 249. Mullingar: Joyce visitou a cidade, situada no condado de Westmeath, no nordeste da Irlanda, em companhia do pai, por duas vezes, em 1900 e em 1901. O pai, John Joyce, havia conseguido aí um emprego temporário como organizador das listas eleitorais da região. As conexões de James Joyce com a cidade são exploradas por Leo Daly no livro *James Joyce and the Mullingar connection*.

Epifania 10 – Stag's Head: pub tradicional, situado na rua Dame Lane, ao sul do rio Liffey. Segundo nota do site "James Joyce Online Notes" (goo.gl/g2hn3R), "frei Russell" alude ao padre jesuíta Matthew Russell (1832-1912), editor da revista *Irish Literary Review*, e ao seu livro *Erin, Verses Irish and Catholic*. "Lá" refere-se provavelmente à revista, onde o padre, além de ser diretor, também escrevia. Incidentalmente, ainda segundo especulações do mesmo site, "O'Mahony" refere-se a John O'Mahony (1870-1904), advogado e jornalista, que teria servido de inspiração para o personagem J. J. O'Molloy, de *Ulisses*.

Epifania 11 – SH: p. 46. A família Sheehy, que aparece nesta epifania e em outras que se seguem, é a família de Eugene Sheehy (1883-1957), que foi colega de James Joyce no Belvedere College e, depois, no University College. A família, chefiada por David Sheehy, morava numa elegante mansão no n.º 2 da Belvedere Place, margem norte do Liffey, perto do Belvedere College. Joyce participava dos frequentes saraus aí realizados, com atividades musicais e teatrais. Ele teve um breve flerte com Mary Sheehy, uma das irmãs de Eugene, que serviu de modelo para a personagem Emma Clery em *Um retrato* (Ullick O'Connor, *The Joyce We Knew. Memoirs of Joyce*). Em *Stephen Hero*, a epifania, obviamente reelaborada em forma de narrativa, faz parte do contexto de um jogo de salão chamado "Quem é quem". Um dos membros do grupo se afasta da sala, enquanto os outros escolhem o nome de alguém que sabem ser do interesse da pessoa que se afastou. Ao voltar, essa pessoa deve, por meio de perguntas como "onde mora?", "qual sua idade", que são respondidas pelo grupo, adivinhar de quem se trata. No caso, Stephen, o escolhido da vez, não demora a dar a resposta certa quando os outros respondem que a pessoa em questão é da Noruega, embora tenham, aparentemente, errado sua idade. Deduz-se que a resposta de Stephen, não explicitada nessa passagem, é Henrik Ibsen. Segue-se um diálogo de Stephen com uma das garotas da família que reproduz, mais ou menos, o diálogo desta epifania.

Epifania 12 – SH: p. 43.

Epifania 14 – SH: p. 45. Outra das brincadeiras dos saraus na mansão dos Sheehys. Desta vez, trata-se de simular, teatralmente, uma sessão do parlamento.

Epifania 15 – SH: p. 243.

Epifania 16 – SH: p. 33-34.

Epifania 17 – Maggie [Margaret] Sheehy recita, levemente modificada, a última linha do ensaio "The Day of the Rabblement" ["O dia da turbamulta"], de Joyce: "Agora mesmo deve estar à nossa porta". O ensaio foi publicado em novembro de 1901, juntamente com um ensaio de Francis Skeffington, num panfleto à custa dos autores.

Epifania 18 – North Circular Road: rua ao norte do rio Liffey, entre a Cabra Road e o Phoenix Park. No original, o nome do livro é *The Escaped Nun*. *"A freira fugida"* seria uma melhor tradução, mas traduzi "*escaped*" por "escapada" por causa da rubrica teatral "ceceia", que alude, obviamente, ao "S" de "*escaped*". O tema da "freira fugida" parece ser um clichê de livros sugestivamente obscenos sobre "relações" entre padres e freiras em conventos. É possível que o livro referido nesta epifania seja *The Escaped Nun: or Disclosures of Convent Life*, publicado anonimamente em Nova York, em 1855, mas a narradora é uma ex-freira que "revela", entre outros incidentes, um bacanal entre padres e freiras dentro do convento.

Epifania 19 – SH: p. 162-163. Glengariff Parade (o nome é, atualmente, grafado com duplo R): entre o final de 1991 e o final de 1992, a família Joyce morou no n.º 32 dessa rua, ao norte do Liffey, num bairro classificado por Stanislaus Joyce, no livro *My Brother's Keeper*, como um dos piores em que a família morou, na curva descendente a que eram levados pela imprevidência do pai, John Joyce. A epifania faz referência à morte do irmão George, de peritonite, em 3 de maio de 1902, com a idade de 14 anos. Segundo Stanislaus, no mesmo livro, George era, intelectualmente, depois de James, o membro mais promissor da família, apresentando vários dos talentos do irmão que se tornaria célebre. Em *Stephen Hero*, em que o episódio é recontado, Joyce trocou o nome de Georgie para o de Isabel.

Epifania 20 – SH: p. 165. Obviamente, a epifania se refere ao irmão morto (ver nota à Epifania 19).

Epifania 21– SH: p. 167. Stanislaus Joyce escreve em suas memórias do irmão, *My Brother's Keeper*: "Dois ou três meses após a morte de mamãe encontrei o seguinte texto, que fora acrescentado à série de epifanias de meu irmão [segue-se o texto da presente epifania]. [...] Quando a li, lembrei-me de que eu também notara a dupla. Elas estavam num pequeno grupo, ao portão do cemitério de Glasnevin, num cortejo fúnebre que chegara antes do de mamãe. Como Jim detestava funerais e evitava acompanhá-los, suas impressões, reproduzidas no episódio 'Hades' de *Ulisses* [refere-se ao monólogo interior de Bloom durante o funeral de Paddy Dignam], devem ter sido recolhidas durante o funeral de mamãe ou no de meu irmão mais novo, Georgie. Ele nunca mais foi ao cemitério".

Epifania 22 – SH: p. 169. Outra epifania ligada à morte do irmão George. No contexto de *Stephen Hero*, o narrador enfatiza o caráter meramente protocolar das condolências de Skeffington (McCann, no romance), ao prefaciá-las com um comentário sobre o caráter protocolar das condolências em geral: "[...] nenhum jovem, obrigado pela fatalidade ou por sua meia-irmã, a desdita, a desenvolver um órgão de sensibilidade e intelecção, consegue contemplar, sem um asco extremo, a rede de falsidades e trivialidades que compõe o funeral de um indivíduo. Por alguns dias após o funeral, Stephen, em roupas de segunda mão em 'duas tonalidades' de preto, teve que receber manifestações de solidariedade. Muitas dessas manifestações provinham de amigos ocasionais da família. Quase todos os homens diziam 'E como a pobre mãe está suportando isso?' e quase todas as mulheres diziam 'É uma grande provação para sua pobre mãe': e as manifestações eram sempre pronunciadas no mesmo tom de voz, indiferente e sem nenhuma convicção." (p. 168-9, ed. New Directions).

Epifania 23 – segundo Stanislaus Joyce, em *My Brother's Keeper*, esta epifania onírica está dirigida ao irmão falecido aos 14 anos, George. Stanislaus escreve: "Mamãe estava certamente errada em pensar que Jim era insensível. Ele não expunha seus sentimentos como faziam outros, mas ele não sentiu menos a morte de Georgie. Quando achou que todos estavam dormindo, ele subiu silenciosamente as escadas para ver o 'pobrezinho', onde ele jazia só, com o azul de seus olhos ainda visível sob as pálpebras que tinham sido cerradas muito tarde. E não muito tempo depois, a uma menção da rebelião irlandesa, ele exclamou amargamente: 'A Irlanda é uma porca velha que devora sua ninhada.' [...] Ele deu o nome Giorgio a seu filho, nascido em Trieste.".

Epifania 24 – R: p. 141. Desde Amana e da montanha dos leopardos: alusão a Cântico dos cânticos, 4:9. "*Inter ubera mea commorabitur.*": latim ("Repousará entre os meus seios"); alusão a Cântico dos cânticos, 1:13.

Epifania 25 – SH: 183-184. R: p. 201. Na passagem "primavera, este embaixador carregado de graças", atribui-se, ao chamá-la de "embaixador", o gênero masculino a essa estação do ano; em português, há uma inevitável "colisão" entre o gênero gramatical da estação e o do cargo diplomático. A "banha verde" refere-se à gordura de baleia. Em *Stephen Hero*, a passagem correspondente a esta epifania é mais explícita: "trezentos garotos, barulhentos e esfomeados, estão sentados junto a mesas compridas comendo bife guarnecido com banha verde como a de baleia".

Epifania 26 – R: p. 203. Segundo Stanislaus Joyce, em *My Brother's Keeper*, a cena registrada nessa epifania se passa numa festa dançante na casa dos Sheehys para celebrar um noivado. Segundo Scholes e Kain, em *The Workshop of Daedalus*, a noiva era provavelmente Hannah Sheehy, a mais velha das irmãs Sheehys, que se casou com o amigo de James, Francis Skeffington. Ainda segundo os mesmos autores, Hannah, juntamente com a irmã Mary, teria servido de inspiração a Joyce para compor a personagem de Emma Clery em *Stephen Hero* e em *Um retrato*.

Epifania 27 – R: p. 234. No original, após "*no carresses*", os editores assinalam que está assim no manuscrito de Stanislaus Joyce, chamando a atenção para a falta de "*one*" após "*no*" e para a ortografia incorreta do verbo.

Epifania 28 – R: p. 27

Epifania 29 – R: p. 232.

Epifania 30 – SH: p. 237, R: p. 235. Esta epifania, com pequenas alterações, aparece quase ao fim de *Um retrato*, onde por meio de um conjunto cerrado de imagens relativas a viagem, exílio e acolhimento, ela prenuncia a partida de Stephen para Paris.

Epifania 31 – R: p. 94.

Epifania 33 – Segundo Stanislaus Joyce, em *My Brother's Keeper*, esta epifania registra uma cena de rua de Paris.

Epifania 35 – Kennington é um distrito londrino, situado ao sul do Tâmisa. Embora a cena se passe em Londres, a pessoa aí focalizada (uma prostituta?) parece ser originária de Dublin, pois Joyce tenta reproduzir graficamente algumas das características da fala popular dublinense, como, por exemplo, a alteração das vogais: *white-whoite, away-awoy, times-toimes, night-noight.* Na tradução, preferi fazer uma versão "limpa", uma vez que, graças à edição bilíngue, é possível ver essas características diretamente no original. Como diz William Martin, em *Joyce and the Science of Rhythm*, p. 80, Joyce, "em vez de impor um esquema métrico ao material que se lhe apresentava, se centrou nos aspectos prosódicos da fala que *produzem espontaneamente uma forma rítmica.* Dessa forma, Joyce não apenas capta as peculiaridades de sotaque e dialeto, mas também chama a atenção para uma situação dramática mais ampla em que esses gestos específicos começam a adquirir significado universal".

Epifania 36 – Stanislaus Joyce, em *My Brother's Keeper*, diz que esta é mais uma das epifanias oníricas e que o homem aí descrito seria Henrik Ibsen. A frase "Eu sei o verbo 'ser' na língua delas." alude ao fato de que Joyce estudava norueguês para ler as peças de Ibsen no original.

Epifania 37 – no original, "*the sound of many scales*" joga com o duplo sentido de "*scale*": escama de peixe e escala musical. Segundo Stanislaus Joyce, em *My Brother's Keeper*, James Joyce escreveu esta epifania a bordo do navio no qual voltava de Paris para Dublin após ter recebido o telegrama com notícias de que sua mãe estava doente e prestes a morrer.

Epifania 38 – Connaught St. é uma rua situada ao norte do Liffey, no bairro de Phibsborough. "*Nao*" (com o respectivo sinal de reticência) parece ser uma forma do advérbio "*no*", assim transformado pelo garoto por algum problema psicológico (pressão, etc.) ou articulatório. Embora se pudesse imaginar alguma transformação equivalente do "não" da língua portuguesa (se é que "*nao*" é mesmo "*no*"), optei por manter, na tradução, a mesma forma do original.

Epifania 40 – O'Connell St. é uma rua situada ao norte do Liffey, perpendicular ao rio. Na reprodução desta epifania em *The Workshop of Daedalus*, o texto é transcrito com marcações de revisão, que foram aqui mostradas apenas na versão em inglês. Joyce conheceu Oliver St. John Gogarty (1878-1957), então estudante de medicina no Trinity College, no final de 1902, num encontro casual na entrada da National Library. A amizade, inicialmente de admiração mútua, mas também de competição, sobretudo intelectual, acabou por se romper. Gogarty serviu de inspiração para o personagem "Buck Mullingan" de *Ulisses*. Segundo Scholes e Kain, em *The Workshop of Daedalus*, esta epifania mostra o espírito hostil de Joyce para com Gogarty: em contraste com a mudança constante de endereço da família Joyce, para bairros cada vez mais pobres, Gogarty é capaz de fornecer ao farmacêutico um endereço fixo e bem situado: a Rutland Square (atualmente Parnell Square). Talvez valha a pena transcrever aqui a opinião de Gogarty sobre o hábito que tinha o amigo de tomar nota das cenas que classificava como sendo epifanias: "A falta de franqueza de qualquer tipo corrompe as relações sinceras. Não me importo que reproduzam o que eu digo, mas ser um colaborador involuntário de uma de suas 'Epifanias' é irritante. Provavelmente, frei Darlington o tenha ensinado, como um complemento de suas aulas de latim – pois Joyce não sabia nada de grego – que 'Epifania' quer dizer 'manifestação'. Assim, ele registrava sob a rubrica 'Epifania' qualquer manifestação da mente pela qual, segundo ele, nós nos revelávamos. Qual de nós ia presenteá-lo com uma 'Epifania' e fazer com que ele se dirigisse ao banheiro para anotá-la?" (Oliver St. John Gogarty, *As I Was Going Down Sackville Street* [*Enquanto descia a Sackville Street*]).

Epifania: o conceito

Tomaz Tadeu

A palavra "epifania", de origem grega, "*epifaneia*" – derivada do verbo "*fainein*", "trazer", "vir à luz", "revelar" – significa "aparição", "revelação", "manifestação" (Walter W. Skeat, *An Etymological Dictionary of the English Language*). Em sua encarnação pré-helenística, o termo "epifania" significava, mais profana ou prosaicamente, a "aparência externa de um corpo ou objeto" (Verity Platt, *Facing the Gods*, p. 21). Na cultura helenística, "epifania" passou a significar a aparição ou manifestação de uma divindade aos mortais (p. 7). Em formulações mais complexas, a epifania do mundo helenístico é assim definida:

> Como a manifestação imediata, direta, da presença divina, a epifania pode ser entendida como a mais pura das formas de contato entre os mortais e os imortais, pela qual os deuses se revelam "face a face" em vez de se comunicarem através de oráculos ou de signos divinatórios que devem ser decodificados por funcionários religiosos (Verity Platt, "Epiphany", in: Esther Eidinow & Julia Kindt. *The Oxford Book of Ancient Greek Religion*, p. 493).

> Epifania denota a manifestação de uma divindade a um indivíduo ou a um grupo de pessoas, em estado de sono ou de vigília, numa crise ou num contexto de culto (Georgia Petridou, *Divine Epiphany in Greek Literature and Culture*, p. 2).

> A epifania ocorre tanto no mito quanto no culto quando um deus revela sua presença ou manifesta seu poder a um mortal ou grupo de mortais, que "veem" ou "reconhecem" o deus. Os deuses podem aparecer em forma antropomórfica [...], como uma voz descorporificada ou como animais. As epifanias divinas tomam a forma de visões em vigília ou sonho; podem vir acompanhadas de milagres ou outras demonstrações

> de poder, podem ser protetivas ou punitivas; podem ser súbitas ou espontâneas, ou ocorrer em resposta a uma prece (A. Henrichs, *The Oxford Classical Dictionary*, 5ª ed., p. 526).

Nos primeiros séculos de nossa era, em que paganismo e cristianismo conviveram lado a lado, o termo (ou o conceito correspondente) foi utilizado para se referir a intervenções de proteção (milagres ou outro tipo de ajuda) ligadas a Jesus Cristo ou a santos e mártires da crescente galeria de humanos alçados ao panteão do cristianismo que, de certa forma, representavam alguma espécie de revelação ou aparição da segunda pessoa da trindade ou de seus delegados (ver Robin Lane Fox, *Pagans and Christians*). Mais particularmente, o termo passou, num momento da etapa de consolidação do cristianismo, a ser aplicado a certos eventos "revelatórios" da vida de Cristo: o nascimento, o batismo, o milagre da transformação da água em vinho nas bodas de Canaã e a ressurreição. No contexto do cristianismo contemporâneo, a palavra "epifania" está ligada à chamada "Festa da Epifania", celebrada em 6 de janeiro, e se identifica com o episódio da apresentação do Cristo recém-nascido aos Reis Magos.

Em meados do século XX, na esteira do uso da palavra "epifania" por James Joyce para se referir a eventos banais, mas revelatórios, registrados em esboços para serem posteriormente utilizados de forma reelaborada em suas obras, o significado do termo se ampliou para abranger uma série de conceitos literários supostamente aparentados à epifania joyceana e presentes, explícita ou implicitamente, na obra de Joseph Conrad, Virginia Woolf, Marcel Proust, Clarice Lispector, entre muitos outros.

Em sua metamorfose contemporânea, o termo se popularizou e seu significado se expandiu para se referir a qualquer tipo de inspiração ou revelação, tanto de ordem religiosa quanto profana. A palavra se ampliou considerável e incontrolavelmente, nomeando qualquer compreensão repentina, desde a melhor maneira de se safar de uma situação difícil na vida até o inesperado lampejo sobre como consertar uma torneira.

No que se segue, apresento uma breve bibliografia comentada sobre o conceito de "epifania", desde a greco-romana até a literária e, mais especificamente, a joyceana. As informações bibliográficas foram reduzidas ao mínimo: em geral, apenas a autoria, o título e a editora. No caso de publicações em periódicos e capítulos de livros, forneço apenas a autoria e o título; elas podem ser facilmente completadas com o auxílio de algum mecanismo de busca da internet.

A epifania greco-romana

Uma visão abrangente e acessível, embora desatualizada, da convivência entre os séculos finais da cultura helenística e os séculos iniciais do cristianismo, em que o conceito de "epifania" é amplamente tratado, pode ser encontrada no livro de Robin Lane Fox, *Pagans and Christians*.

O tratamento mais atual e abrangente do conceito na cultura helenística é feito por Georgia Petridou em *Divine Epiphany in Greek Literature and Culture*. Também abrangente e detalhado é o livro de Verity Platt, *Facing the Gods. Epiphany and Representation in Graeco-Roman Art, Literature and Religion*.

Outros textos que podem ser úteis para compreender aspectos específicos da epifania helenística:

Alexander David Stevens. *Telling Presences: Narrating Divine Epiphany in Homer and Beyond*. Dissertação, Universidade de Cambridge.

Bernard. C. Dietrich. "Divine Epiphanies in Homer".

Bernard C. Dietrich. "Divine Personality and Personification".

Fritz Graf. "Trick or Treat? On Collective Epiphanies in Antiquity".

H. S. Versnel. "What Did Ancient Man See When He Saw a God? Some Reflections on Greco-Roman Epiphany".

Jesper Tae Jensen *et al. Aspects of Ancient Greek Cult: Context, Ritual and Iconography*. Aarhus University Press.

Jorge Bravo. "Heroic Epiphanies: Narrative, Visual, and Cultic Contexts".

Robert L. Cioffi. "Seeing Gods: Epiphany and Narrative in the Greek Novels".

Robyn J. Whitaker. *Ekphrasis, Vision, and Persuasion in the Book of Revelation*. Mohr Siebeck.

William V. Harris. *Dreams and Experience in Classical Antiquity*. Harvard University Press.

A epifania cristã

O conceito de "epifania" no cristianismo é matéria bastante obscura. Em primeiro lugar, não está muito claro como um conceito próprio do politeísmo foi transplantado à cultura de uma religião monoteísta. Depois, há a questão das características do ser divino, Jesus Cristo, ao qual está ligada à epifania do monoteísmo cristão. Cristo não vem à Terra sob a forma humana ou qualquer outra das formas pelas quais as divindades greco-romanas se revelavam momentaneamente aos humanos. Ele se *torna* homem, ele é homem. Finalmente, o termo, no cristianismo, se tornou muito mais identificado a uma festividade litúrgica do que a aparições ou manifestações da divindade.

De qualquer maneira, o tratamento mais abrangente da matéria no contexto do nascente cristianismo parece ser o de Margaret M. Mitchell em "Epiphanic Evolutions in Earliest Christianity", publicado no v. 29 da revista *Illinois Classical Studies*. Uma visão mais geral, que liga a ideia de epifania às festividades litúrgicas conexas, é fornecida por Paul F. Bradshaw e Maxwell E. Johnson em *The Origins of Feasts, Fasts and Seasons in Early Christianity* (Liturgical Press). Embora esteja referido à discussão da epifania em Joyce, o polêmico artigo de Florence L. Walzl, "The Liturgy of the Epiphany Season and the Epiphanies of Joyce", publicado em *PMLA*, v. 80, n. 4, fornece muitas e úteis informações sobre o ciclo litúrgico da epifania no cristianismo.

Também podem ser úteis:

Anne Morelli. "La réinterprétation chrétienne des fêtes antérieures au Christianisme".

Dimitris J. Kyrtatas. "The Meaning of Christian Epiphany".

J. Neil Alexander. "Advent, Christmas and Epiphany".

James Kellenberger. *Religious Epiphanies Across Traditions and Cultures*. Springer.

John B. Weaver. *Plots of Epiphany. Prison-Escape in Acts of the Apostles*. Walter de Gruyter.

Kurt M. Simmons. "The Origins of Christmas and The Date of Christ's Birth".

A epifania no pensamento filosófico

Em contraste com a profusão de estudos e análises sobre a epifania literária, é escassa a literatura da discussão do conceito de epifania no âmbito da teoria filosófica. Uma notável exceção é o livro de Sharon Kim, *Literary Epiphany in the Novel, 1850-1950* (Palgrave Macmillan), que, apesar do título, discute amplamente o conceito de epifania em Martin Heidegger. Mas foi o próprio Joyce quem primeiro ligou o conceito à filosofia, ao remetê-lo ao pensamento de Tomás de Aquino.

Deve-se também mencionar a tese de doutorado de Matthew G. McDonald, "Epiphanies: An Existential, Philosophical and Psychological Inquiry".

A epifania literária

Embora em declínio, a ideia de epifania literária, pela qual se deve entender a extensão do conceito de epifania a conceitos afins, mais ou menos implícitos em obras literárias, foi, por um longo tempo, central no âmbito da crítica literária.

Nesse contexto, duas obras podem ser consideradas como pioneiras e seminais: o livro de Morris Beja, *Epiphany in the Modern Novel* (University of Washington Press) e o de Ashton Nichols, *The Poetics Of Epiphany: Nineteenth-Century Origins of the Modern Literary Movement* (University of Alabama Press).

Da extensa literatura sobre a epifania literária, pode-se destacar:

Alda Correia. "The Visual Image in Epiphanic Short Story".

Artur Schouten. "A Cycle of C-changes: a working model for the literary epiphany".

Birgit Neuhold. *Measuring the Sadness. Conrad, Joyce, Woolf and European Epiphany.* Peter Lang.

John McGowan. "From Pater to Wilde to Joyce: Modernist Epiphany and the Soulful Self".

Lyle Glazier. "The Glass Family Saga: Argument and Epiphany".

Martin Bidney. *Patterns of Epiphany. From Wordsworth to Tolstoy, Pater, and Barrett Browning.* Southern Illinois University Press.

Martin Bidney. "The Aestheticist Epiphanies of J. D. Salinger: Bright-Hued Circles, Spheres, and Patches".

Michael Sayeau. *Against the Event. The Everyday and the Evolution of Modernist Narrative.* Oxford University Press.

Paul Maltby. *The Visionary Moment. A Postmodern Critique.* State University of New York Press.

Richard Kearney. "Traversals and Epiphanies in Joyce and Proust".

Sharon Kim. *Literary Epiphany in the Novel, 1850-1950. Constellations of the Soul*. Palgrave Mcmillan.

Terry L. Palls. "The Miracle of the Ordinary: Literary Epiphany in Virginia Woolf and Clarice Lispector".

Wim Tigges. *Moments of moment. Aspects of the Literary Epiphany*. Brill Rodopi.

A epifania joyceana

Obviamente, a literatura crítica sobre a epifania joyceana é imensa. Mas, antes de tudo, a epifania joyceana deve ser vista sob o prisma do próprio Joyce, na obra em que ele a definiu em detalhes, *Stephen Hero*. No Brasil, o livro foi publicado pela Hedra, em tradução de José Roberto O'Shea, com o título de *Stephen Herói*. Ao final desta bibliografia, apresento minha tradução do trecho dessa obra em que Stephen define o conceito de epifania.

A verdade é que a epifania de Joyce põe à crítica e à análise uma série de questões e problemas. Michael Sayeau, no capítulo 5 de *Against the Event: The Everyday and Evolution of Modernist Narrative*, sintetiza as questões centrais em torno dela:

> As epifanias de Joyce constituem um território arriscado para ser percorrido pelo crítico. Há uma volumosa – e bastante problemática – herança crítica em torno dessas elaborações. Na verdade, a questão de saber se o termo *epifania* pode sequer ser utilizado para descrever esse subconjunto da obra de Joyce é um dos pontos centrais dessa problematização. [...] Como, por exemplo, ler a palavra "epifania"? Como reconciliar a origem litúrgica ou teológica do termo com a natureza secular de sua utilização por Joyce? Trata-se de um empréstimo dos contextos litúrgicos ou teológicos, que dá nome a um grupo de episódios profundamente seculares? Ou se trata simplesmente de um sinônimo de "símbolo"? Podemos ver as epifanias como significantes por si mesmas ou simplesmente como uma coleção de materiais brutos a serem reelaborados para serem incluídos em obras como *Um retrato do artista quando jovem* e *Ulisses*? (p. 191)

Difícil, na vasta bibliografia sobre a epifania em Joyce, destacar os textos mais importantes. Mas é imprescindível, naturalmente, a reunião das epifanias de Joyce feita por Robert Scholes e Richard M. Kain em *The Workshop of Daedalus*, Nortwestern University Press. Não posso deixar de destacar também o livro de Ilaria Natali, colaboradora da presente edição das *Epifanias*: *The Ur-portrait: Stephen Hero ed il processo di creazione artistica in* A Portrait of the Artist as a Young Man, Firenze University Press (disponível em formato de tese de doutorado em goo.gl/QciJj6). No Brasil, a revista *Letra Freudiana* (XII, 13) publicou um dossiê sobre Joyce, com vários ensaios sobre a epifania joyceana.

E, enfim, uma lista mínima e selecionada dos muitos textos que compõem a imensa literatura sobre a epifania joyceana:

David Hayman. "Epiphanoiding".

David Hayman. "The Purpose and Permanence of the Joycean Epiphany".

David Weir. "Stephen on the Rocs: A Source for the Bird-Girl Epiphany".

Florence L. Walzl. "The Liturgy of the Epiphany Season and the Epiphanies of Joyce".

Irene Hendry. "Joyce's Epiphanies".

James J. Balakier. "An Unnoted Textual Gap in the Bird-Woman Epiphany in James Joyce's *A Portrait of the Artist as a Young Man*".

Jay B. Losey. "Dream-Epiphanies in *Finnegans Wake*".

John Hobbs. "Joyce's Dialogue Epiphanies".

Joseph Prescott. "James Joyce's Epiphanies".

Joshua Jacobs. "Joyce's Epiphanic Mode: Material Language and the Representation of Sexuality in *Stephen Hero* and *Portrait*".

Kate Harrison. "The *Portrait* Epiphany".

Michael Opest. "Epiphanic *Ulysses*: Joyce's Trail of Breadcrumbs".

Richard Kearney. "Epiphanies in Joyce".

Robert Adams Day. "Dante, Ibsen, Joyce, Epiphanies, and the Art of Memory".

Robert M. Scotto. "Visions and Epiphanies: Fictional Technique in Pater's *Marius* and Joyce's *Portrait*".

Robert Scholes. "Joyce and the Epiphany: The Key to the Labyrinth?".

Robert Scholes & Florence L. Walzl. "The Epiphanies of Joyce".

Romana Zacchi. "Fragments of Theatrical Revelations: James Joyce's *Epiphanies*".

Sam Slote. "Ephiphanic 'Proteus'".
Shiv K. Kumar. "Joyce's Epiphany and Bergson's 'L'intuition philosophique'".
Sidney Feshbach. "Hunting Epiphany-Hunters".
Sophie Marret. "Epiphanies: James Joyce and Virginia Woolf".
Thomas J. McPartland. "Aesthetic Epiphany and Transcendence in Joyce's *A Portrait of the Artist as a Young Man*".
Thomas Zaniello. "The Epiphany and the Object-Image Distinction".
Zack Bowen. "Joyce and the Epiphany Concept: A New Approach".
Zack R. Bowen. "Epiphanies, Stephen's Diary, and the Narrative Perspective of *A Portrait of the Artist as a Young Man*".

A epifania em *Stephen Hero*

Esta é a passagem em que Stephen define a epifania em *Stephen Hero*:

Passava pela Eccles Street numa tardinha, uma tardinha nebulosa, com todos esses pensamentos dançando a dança do desassossego em seu cérebro, quando um incidente trivial fez com que se pusesse a compor alguns ardentes versos que ele intitulou uma "Vilanela da tentadora". Uma jovem dama estava de pé nos degraus de uma daquelas casas de tijolo marrom que parecem ser a própria encarnação da paralisia irlandesa. Um jovem cavalheiro estava recostado no gradil enferrujado da área. Stephen, ao passar por ali em sua andança, ouviu o seguinte fragmento de conversa do qual recebeu uma impressão aguda o bastante para afligir muito seriamente sua sensibilidade.

A jovem dama—(discretamente arrastando as palavras) . . . Ah, sim . . . Eu estava . . . na . ca . . pela . .

O jovem cavalheiro—(inaudível) . Eu . . . (de novo, inaudível) . . . Eu . . .

A jovem dama—(suavemente) . Oh . . . mas você é . . . mui . . . to . . mal . . . va . . . do . . .

Essa trivialidade fez com que cogitasse juntar muitos desses momentos num livro de epifanias. Por epifania ele queria dizer uma manifestação espiritual súbita, fosse na vulgaridade da fala ou do gesto ou numa situação memorável da própria mente. Acreditava que incumbia ao homem de letras registrar essas epifanias com extremo cuidado, assegurando-se de que elas se reportassem aos mais delicados e evanescentes dos momentos. Disse a Cranly que o relógio do edifício do Ballast Office era capaz de uma epifania. Cranly examinou o inescrutável mostrador do Ballast Office com um semblante não menos inescrutável:

—Sim, disse Stephen. Vou passar por ele uma vez atrás da outra, aludir a ele, me referir a ele, olhá-lo de relance. É apenas um item do catálogo do mobiliário de rua de Dublin. Então de repente eu o vejo e de repente sei o que ele é: epifania.

—O quê?

—Imagine minhas olhadelas àquele relógio como os tateios de um olho espiritual que busca ajustar sua visão a um foco exato. No momento em que o foco é atingido o objeto é epifanizado. É apenas nessa epifania que descubro a terceira e suprema qualidade do belo.

—É mesmo? disse Cranly distraidamente.

—Nenhuma teoria estética, insistiu Stephen sem dar trégua, tem qualquer valor se investigada com o auxílio da lanterna da tradição. O que simbolizamos em preto o chinês pode simbolizar em amarelo: cada um tem a própria tradição. A beleza grega ri da beleza copta e o índio americano zomba de ambas. É quase impossível reconciliar todas as tradições ao passo que não é, de forma alguma, impossível encontrar a justificação de cada forma de beleza que alguma vez foi adorada sobre a terra pelo exame do mecanismo de apreensão estética, esteja ele revestido de vermelho, branco, amarelo ou preto. Não temos qualquer razão para pensar que o chinês tem um sistema diferente de digestão do que temos embora nossas dietas sejam bastante dissimilares. A faculdade apreensiva deve ser escrutinada em ação.

—Sim . . .

—Você sabe o que Tomás de Aquino diz: As três coisas indispensáveis do belo são integridade, [ou seja,] uma totalidade, simetria e radiância. Algum dia vou desenvolver essa frase para chegar a um tratado. Considere o desempenho de sua própria mente quando confrontada com qualquer objeto, hipoteticamente belo. Sua mente, para apreender esse objeto, divide o universo inteiro em duas partes, o objeto e o vazio que não é o objeto. Para apreendê-lo se deve separá-lo de tudo mais: e então se percebe que ele é uma coisa integral, que é uma coisa. Reconhece-se sua integridade. Não é mesmo?

—E depois?

—Esta é a primeira qualidade do belo: ele é declarado numa simples e súbita síntese da faculdade que apreende. E depois? Depois, a análise. A mente considera o objeto no todo e em suas partes, em relação a si mesmo e aos outros objetos, examina o equilíbrio entre suas partes, contempla a forma do objeto, percorre cada recanto da estrutura. A mente recebe, assim, a impressão da simetria do objeto. A mente reconhece que o objeto é, no sentido estrito da palavra, uma coisa, uma entidade definitivamente constituída. Compreende?

—Vamos voltar, disse Cranly.

Tinham chegado à esquina da Grafton Street e, como a calçada estava cheia de gente, eles deram a volta em direção ao norte. Cranly estava propenso a observar as fanfarrices de um bêbado que tinha sido expulso de um bar na Suffolk Street mas Stephen pegou-o sumariamente pelo braço e o tirou dali.

—Agora quanto à terceira qualidade. Por um bom tempo não conseguia compreender o que Tomás de Aquino queria dizer. Ele usa um termo figurativo (algo muito incomum nele) mas eu decifrei. *Claritas* é *quidditas*. Após a análise que descobre a segunda qualidade a mente faz a única síntese logicamente possível e descobre a terceira qualidade. É o momento que chamo de epifania. Primeiro reconhecemos que o objeto é uma coisa integral, depois reconhecemos que ele é uma estrutura complexa organizada, na verdade, uma coisa: finalmente, quando a relação entre as partes está refinada, quando as partes estão ajustadas ao ponto especial, reconhecemos que ele é aquela coisa que é. Sua alma, sua quididade, salta em nós desde o revestimento de sua aparência. A alma do mais comum dos objetos, a estrutura que é assim ajustada, nos parece radiante. O objeto atinge sua epifania.

Tendo concluído seu argumento Stephen seguiu em silêncio. Sentia a hostilidade de Cranly e acusava-se de ter barateado as imagens eternas do belo. Pela primeira vez, além disso, sentiu-se levemente sem jeito na companhia do amigo e, para restaurar o clima de irreverente familiaridade, deu uma olhada no relógio do edifício do Ballast Office e sorriu:

—Ele ainda não epifanizou, disse.

Cranly baixou impassivelmente os olhos na direção do rio e ficou quieto por alguns minutos, durante os quais o intérprete da nova estética repetiu desde o início sua teoria para si mesmo. Um relógio do outro lado do rio soou as horas e ao mesmo tempo os lábios finos de Cranly se abriram para falar:

—Pergunto-me, disse . . .

—O quê?

Cranly continuou a olhar na direção da foz do Liffey feito um homem em transe. Stephen esperou que a frase terminasse e então disse de novo "O quê?". Cranly então virou-se subitamente e disse com flagrante ênfase:

—Será que aquele maldito navio, o *Sea-Queen*, vai zarpar algum dia?

Nota do tradutor: O Ballast Office era o órgão responsável pela administração do porto de Dublin. O edifício em que estava alojado ficava na extremidade sul da O'Connell Bridge, na esquina da Westmoreland Street com o Aston's Quay. O relógio aludido por Stephen ficava na fachada do edifício, à altura do segundo andar. Não deve ser confundido com uma esfera atravessada verticalmente por um eixo que ficava no topo do edifício e que caía todos os dias precisamente às 13 horas, hora de Greenwich (uma hora à frente da hora do observatório de Dunsink, isto é, do horário de Dublin). Tinha o objetivo de fornecer uma informação padronizada sobre a hora para o pessoal dos navios atracados no porto de Dublin.

O famoso Edifício da Alfândega,
North Dock, Dublin, Irlanda, 1946

Posfácio

As epifanias nas obras de Joyce: história e percurso

Ilaria Natali

Ler as *Epifanias* de James Joyce implica lidar com o paradoxo, a ironia e a ambivalência.[1] Por causa das frases cortadas e das descrições descontextualizadas, os textos, como diz Catherine Millot,[2] "beiram ao nonsense"; entretanto, paradoxalmente, a aparente ausência de sentido está ligada a um excesso semântico, a uma superabundância de referências díspares (e ocultas). É irônico, além disso, que momentos de inspiração poética e artística tão intensos ocorram, com frequência, em situações cotidianas "triviais" ou fúteis, e sejam expressos por frases da linguagem comum. Por fim, as epifanias são ambivalentes por tentarem reconciliar a dimensão privada com a dimensão pública. Os textos parecem obscuros e incompletos porque a situação comunicativa é desequilibrada: falta aos leitores o conhecimento partilhado e a informação contextual necessários para preencher as lacunas do não-dito. Os esboços são, portanto, formalmente projetados como que para sugerir que estamos nos imiscuindo em pensamentos e acontecimentos privados, como espectadores passivos de fragmentos da vida do personagem "Joyce". Ao mesmo tempo, como observa Michael Benton, as epifanias não são memórias autobiográficas, uma vez que, ao definir o momento visionário pelo qual a vida se torna arte e o sujeito autobiográfico se transforma numa "figura de retórica", elas documentam a criação de uma persona literária pública.[3]

Esses aspectos mal e mal arranham a superfície das várias ambiguidades presentes nas *Epifanias*. A própria palavra "epifania" tem uma duplicidade intrínseca nos estudos joyceanos: pode indicar tanto um texto incluído na coleção das quarenta epifanias documentadas quanto um conceito abstrato, teórico, ligado à manifestação espiritual ou poética.[4] O que Joyce queria dizer especificamente com a palavra "epifania" continua sendo um tema sujeito a debate. Alguns críticos entendem o termo como, sobretudo, uma categoria genérica de percepção artística,[5] mas, às vezes, o escopo dessa categoria não está delimitado por fronteiras específicas. Essa indeterminação tem resultado numa ampliação progressiva da definição de epifania, chegando-se ao ponto de ligá-la à ideia indefinida e genérica de "revelação". Theodore Spencer, por exemplo, escreve:

> *Dublinenses*, pode-se dizer, é uma série de epifanias que descrevem momentos aparentemente triviais mas realmente cruciais e reveladores da vida de diferentes personagens. *Um retrato do artista quando jovem* pode ser visto como uma espécie de epifania – uma revelação – do próprio Joyce quando jovem; *Ulisses* [...] é a epifania de Leopold Bloom [...]. E *Finnegans Wake* pode ser visto como uma imensa ampliação, naturalmente inimaginável por Joyce quando jovem, da mesma visão.[6]

Outros estudiosos argumentam que a ideia de epifania de Joyce combina um conceito teórico com uma representação formal específica, a qual inclui brevidade, fragmentação e obscuridade. Essa perspectiva crítica faz a conexão de uma ideia abstrata com a inovação "concreta" da ficção de Joyce; ela sugere que as epifanias são "tanto um tipo de experiência quanto um gênero literário – tanto uma forma de ver ou ouvir quanto uma forma de mostrar e escrever".[7] Entretanto, muitas questões ficam em aberto quando se trata de ilustrar a noção teórica subjacente às *Epifanias*; os escritos de Joyce oferecem escassa informação (e, possivelmente, informação pouco confiável) sobre o tema.

Uma única definição de "epifania" está disponível no *corpus* de Joyce – mais precisamente, em seu primeiro romance, *Stephen Hero*. Esse texto nunca foi publicado durante a vida do autor e chegou até nós em forma fragmentária; ele foi composto, supostamente, entre 1904 e 1906, e foi, depois, abandonado; retomado e reescrito, resultou no conhecido *Um retrato do artista quando jovem*.[8] Em *Stephen Hero*, ficamos sabendo que o protagonista, Stephen, utiliza o termo "epifania" para indicar "uma manifestação espiritual súbita, fosse na vulgaridade da fala ou do gesto ou numa situação memorável da própria mente".[9] Um pouco mais tarde, Stephen envolve-se numa conversa com um amigo e desenvolve um pouco mais a ideia de epifania, ligando seu conceito com três estágios da apreensão estética, que ele extraiu de Tomás de Aquino:[10]

> Por um bom tempo não conseguia compreender o que Tomás de Aquino queria dizer [...] mas eu decifrei. *Claritas* é *quidditas*. Após a análise que descobre a segunda qualidade a mente faz a única síntese logicamente possível e descobre a terceira qualidade. É o momento que chamo de epifania. Primeiro reconhecemos que o objeto é uma coisa integral, depois reconhecemos que ele é uma estrutura complexa organizada, na verdade, uma coisa: finalmente, quando a relação entre as partes está refinada, quando as partes estão ajustadas ao ponto especial, reconhecemos que ele é aquela coisa que é. Sua alma, sua quididade, salta em nós desde o revestimento de sua aparência. A alma do mais comum dos objetos, a estrutura que é assim ajustada, nos parece radiante. O objeto atinge sua epifania.[11]

Infelizmente, em vez de fornecer uma explicação da estrutura conceitual das *Epifanias*, essa passagem dificulta a compreensão que podemos ter dela ao suscitar uma série de problemas. Para começo de conversa, a ideia de "epifania" é aí discutida num contexto ficcional, e não se pode supor que as visões de um personagem inventado coincida com as de Joyce. Depois, a teoria estética ilustrada nessa citação não é muito convincente: a noção de epifania de Stephen parece transportar o sujeito e o objeto da epifania a um estado de verdade absoluta, ao mesmo tempo que o estilo dos esboços de Joyce encobre a revelação sob formas hesitantes e confusas. E o que é ainda mais importante: alguns estudiosos sugerem que Stephen interpreta mal ou reinterpreta a filosofia de Tomás de Aquino; ele lhe acrescenta um princípio de individuação que parece útil para demonstrar sua tese e que altera a noção de *quidditas* do teólogo dominicano.[12] A releitura que Stephen faz de Tomás de Aquino deveria ser examinada sob a perspectiva de numerosas outras passagens do romance em que Joyce ridiculariza o orgulho intelectual do personagem central, Stephen: o "herói" é também um jovem presunçoso que adapta ideias filosóficas aos seus próprios fins, ao selecionar apenas "as palavras e frases mais adaptáveis à sua teoria".[13]

Sugestivamente, Robert Scholes e Richard M. Kain identificam uma atitude similar no próprio Joyce; eles argumentam que a prática de Joyce relativamente a Tomás de Aquino não consistia em se deter em suas teorias mas em tomar de empréstimo frases isoladas que despertavam sua imaginação e desenvolver, baseando-se nelas, as próprias interpretações.[14] Os personagens "Stephen Daedalus" (em *Stephen Hero*) e "Stephen Dedalus" (em *Um retrato* e *Ulisses*) têm sido frequentemente descritos como alter egos literários de Joyce,[15] de modo que não podemos excluir a hipótese de que, em alguma medida, Joyce também estivesse ridicularizando seu eu mais jovem, suas primeiras produções e a profundidade que costumava atribuir a seus textos epifânicos. O Stephen Dedalus de *Ulisses*, também autor de uma coleção de epifanias, relembra:

> Eu era jovem [...]. Lembra das tuas epifanias em folhas verdes ovaladas, profundamente profundas, cópias a serem enviadas caso você morresse a todas as grandes bibliotecas do mundo, incluindo Alexandria? Alguém as leria lá depois de alguns mil anos, um mahamanvantara.[16]

A relação que Joyce estabeleceu entre sua experiência artística e a de seus personagens de ficção sugere que, ao menos ao escrever seus romances, ele não atribuía maior importância às *Epifanias*. Esses esboços eram, na verdade, uma produção juvenil: em geral, supõe-se que Joyce os tenha escrito no período 1900-1904, entre os dezoito e os vinte e dois anos. São escassos os testemunhos relativos à cronologia de sua composição, mas sabemos que, pouco tempo depois de partir para Paris, em 1902, Joyce já tinha rascunhado ao menos parte das *Epifanias*, uma vez que enviou algumas delas ao famoso escritor George Russell (conhecido pelas iniciais A. E.), solicitando sua opinião.[17]

É significativo que Joyce nunca tenha publicado suas *Epifanias*. Os quarenta textos da coleção que chegaram até nós foram impressos pela primeira vez em 1965, em edição organizada por Robert Scholes e Richard M. Kain, embora Oscar Silverman já tivesse organizado e publicado vinte e duas delas em 1956.[18] Essas edições se baseiam nos manuscritos disponíveis das epifanias, atualmente arquivados na Coleção Lockwood, na Universidade de Buffalo (Buffalo I. A.), que contém vinte e duas epifanias, e na Coleção James Joyce de Cornell (Cornell University, Nova York), também incluindo vinte e duas epifanias, a maioria das quais foram transcritas por Stanislaus Joyce, irmão do escritor.[19] A numeração das páginas e outras características dos manuscritos sugerem que a documentação que chegou até nós está incompleta: é possível que, originalmente, a coleção das *Epifanias* abrangesse ao menos setenta e uma delas. Além disso, não há nenhuma indicação de título nos manuscritos; os esboços são atualmente conhecidos como *Epifanias* graças ao testemunho de Stanislaus Joyce:

> Joyce começou a tomar nota de diálogos curtos e de impressões variadas sobre certos traços reveladores de personagens, que ele tentou aperfeiçoar e reformular para transformar em poemas em prosa, às vezes gastando, todo agitado, um dia inteiro, na escrita de uma meia página. Ele chamou esse manuscrito fragmentado de "Epifanias".[20]

Stanislaus parece sugerir que as epifanias sempre foram um conjunto de fragmentos, destinados a serem reescritos e reelaborados. Entretanto, certas informações da biografia de Joyce indicam que no início o escritor não pensava nas *Epifanias* como um conjunto de anotações para uso posterior, mas, em vez disso, como uma obra literária independente. Na verdade, ele mostrou alguns desses textos não apenas a George Russell, como já mencionado, mas também a W. B. Yeats, que assim recorda o episódio:

> Saí à rua e ali um jovem veio até mim e se apresentou. Ele me disse que havia escrito um livro de ensaios ou poemas em prosa [...]. Convidei-o a ir comigo ao salão de fumantes de um restaurante na O'Connell Street, e ele leu para mim um conjunto bonito, mas imaturo e excêntrico, de pequenas descrições e meditações em prosa. Ele tinha descartado a forma métrica, disse-me, para poder obter uma forma que fosse fluida o bastante para corresponder aos movimentos do espírito.[21]

É difícil imaginar que simples rascunhos pudessem ser tão importantes para Joyce a ponto de ele lê-los para um dos mais renomados escritores da época. Então, algo na atitude de Joyce relativamente às *Epifanias* deve ter mudado entre 1902 e 1904, porque, ao começar a escrever seu primeiro romance, também começou a usar suas epifanias como material de composição. De fato, Joyce retrabalhou ao menos vinte e quatro das epifanias conhecidas em suas últimas obras; elas foram reutilizadas especialmente em *Stephen Hero* e em *Um retrato*, mas também em *Ulisses* e em *Finnegans Wake*. Uma vez que os esboços se tornaram uma espécie de anotações para outros escritos, pode-se dizer que eles têm uma função e um status duplo na obra de Joyce: eles são, ao mesmo tempo, textos independentes, que podem ser lidos e interpretados separadamente das outras obras de Joyce, e blocos estruturais para o processo de criação literária do escritor.

Seguir a "história" e as transformações das *Epifanias* ao longo da produção de Joyce nos permite avaliar as nuances das diferentes técnicas literárias que ele adotou em sua carreira de escritor e nos fornece novas compreensões sobre seu processo de escrita. A discussão que se segue objetiva traçar a trajetória da reescrita de algumas das epifanias; isso significa não apenas embarcar numa breve excursão pelas diferentes obras de Joyce, mas também mostrar como os curtos e juvenis esboços das *Epifanias* permaneceram no centro da atenção de Joyce por um período de cerca de trinta e cinco anos.

Das *Epifanias* a *Finnegans Wake*

Os fragmentos em prosa que são agora comumente referidos como *Epifanias* representam não apenas a primeira documentação disponível da atividade literária de Joyce, mas também uma fonte importante de material para seus romances. Uma comparação entre os textos das *Epifanias*, de *Stephen Hero* e de *Um retrato* revela que vinte e cinco das quarenta epifanias conhecidas foram incluídas nos dois romances. Em particular, as seções disponíveis de *Stephen Hero* incluem treze epifanias reelaboradas, enquanto *Um retrato* contém doze desses textos.[22] Os procedimentos adotados por Joyce, em cada caso, para modificar e transformar os esboços são notavelmente diferentes, e observar essas diferenças pode lançar uma nova luz sobre os métodos e estilos de escrita de Joyce.[23] Naturalmente, cada procedimento específico usado por Joyce (tal como o acréscimo ou a eliminação de texto) precisa ser visto à luz de um contexto mais amplo, uma vez que ele depende de uma transformação *a priori* e fundamental: a reelaboração das epifanias sempre implica a mudança de um gênero literário para outro, em que a forma epifânica é adaptada à forma do romance.

Em *Stephen Hero*, o acréscimo textual parece adquirir particular relevância no processo de reelaboração, porque Joyce, em geral, "expande" as epifanias e lhes atribui um sentido que não é transmitido pelos textos originais. Com referência à bem conhecida distinção entre as duas categorias de epifanias propostas por Scholes e Kain,[24] podemos acrescentar que a "reelaboração explicativa" dos esboços em *Stephen Hero* diz respeito, em igual medida, aos dois tipos de textos, os narrativos e os dramáticos. Entretanto, é na reescrita dos textos dramáticos que a transformação é mais clara e evidente; nosso primeiro exemplo diz respeito a uma dessas epifanias, que mostra muito bem o processo de adaptação formal seguido pela estratégia do acréscimo textual:

Epifanias

[Dublin: na Biblioteca Nacional]

Skeffington—Lamentei saber da notícia da morte de seu irmão. . . .lamentei não termos sabido a tempo. . . . . de ter estado no funeral. . . . .

Joyce—Oh, ele era muito novo. . . .um menino. . . .

Skeffington—Mesmo assim. . . . .dói. . . .[25]

Stephen Hero

[McCann] apertou com vigor a mão de Stephen:

—Lamentei saber da morte de sua irmã . . . lamentei não termos sabido a tempo . . . ter estado no funeral.

Stephen recolheu a mão gradualmente e disse:

—Oh, ela era muito nova . . . uma menina.

McCann recolheu a mão também gradualmente, e disse:

—Mesmo assim . . . dói.

O auge da falta de convicção pareceu a Stephen ter sido atingido nesse momento.[26]

Entre as mudanças mais óbvias contam-se os nomes dos personagens ("Skeffington" e "Joyce" se tornam, respectivamente, "McCann" e "Stephen") e a alteração de "irmão" para "irmã". As características formais da epifania são radicalmente transformadas: no romance, por exemplo, todas as rubricas teatrais desaparecem. A modificação mais importante parece ser a da inclusão de um narrador em *Stephen Hero*: a transcrição de um diálogo ou um texto pseudo-teatral se transforma numa construção narrativa. A sensação de objetividade que percebemos na epifania é eliminada em *Stephen Hero*. Nesse livro, o narrador onisciente explana e comenta os eventos: sua voz adquire uma função explicativa. Enquanto o esboço é ambíguo e aberto a diferentes interpretações, sua reescrita ganha um significado específico, removendo parcialmente sua obscuridade. Por exemplo, o narrador elucida o impacto emocional que o episódio teve sobre o protagonista e deixa claro que Stephen percebeu uma atitude hipócrita em McCann. A "epifania" como tal desaparece em *Stephen Hero*; as estratégias de representação narrativa mudam e, consequentemente, os esboços perdem sua "evanescência".

Modificações similares caracterizam a reelaboração de outra epifania dramática:

Epifanias

[Dublin: em casa na Glengariff Parade: fim de tarde]

Sra. Joyce—(*toda vermelha, tremendo, aparece na porta da sala*). . . Jim!

Joyce—(*ao piano*). . .Sim?

Sra. Joyce—Você sabe alguma coisa sobre o corpo?. . .Que devo fazer? . . .Tem um pus escorrendo do buraco da barriga do Georgie. . . . Você alguma vez ouviu falar de algo parecido?

Joyce—(*surpreso*). . .Não sei. . . .

Sra. Joyce—Devo mandar buscar o doutor, você acha?

Joyce—Não sei. . . . . .Que buraco?

Sra. Joyce—(*impaciente*). . .O buraco que todos nós temos. . . . . aqui (*aponta*)

Joyce—(*levanta-se*)[27]

Stephen Hero

Uma forma que ele sabia ser a da mãe apareceu no fundo da sala, parada no vão da porta. Na obscuridade o rosto agitado estava vermelho. Uma voz que ele lembrava como sendo a da mãe, a voz de um ser humano aterrorizado, chamou-o pelo nome. A forma ao piano respondeu:

—Sim?

—Você sabe alguma coisa sobre o corpo? . . .

Ele ouvia a voz da mãe dirigindo-se a ele agitadamente como a voz de um mensageiro numa peça:

—O que devo fazer? Há alguma coisa saindo do buraco na barriga . . . de Isabel . . . Você alguma vez ouviu falar de isso ter acontecido?

—Não sei, respondeu ele tentando fazer sentido de suas palavras, tentando dizê-las novamente para si mesmo.

—Devo mandar chamar o doutor . . Você alguma vez ouviu falar nisso? . . . O que devo fazer?

—Não sei . . . Que buraco?
—O buraco . . o buraco que todos nós temos . . aqui.[28]

De novo, as rubricas teatrais são omitidas em *Stephen Hero*; a "sra. Joyce" se torna "sra. Daedalus", a mãe do protagonista, e "Joyce" se transforma em "Stephen". No romance, o narrador descreve em detalhes as reações emocionais de ambos os personagem, enfatizando o fato de Stephen perceber certa "teatralidade" nas ações da mãe ("como a voz de um mensageiro numa peça"). A repentina aparição da sra. Daedalus parece surpreender o protagonista, que, no início, não compreende plenamente a importância dos eventos e fica confuso com as perguntas da mãe. Em *Stephen Hero*, a passagem é apresentada por um narrador que guia o leitor pelos estágios de percepção pelos quais Stephen passa diante da terrível situação: primeiro, o personagem mal reconhece a mãe e depois tem dificuldade em compreender o que ela diz. Também recebemos algumas pistas a partir da perspectiva da sra. Daedalus: somos informados, por exemplo, de que ela pode ver apenas a "forma" do filho na sala escura. A reprodução, na epifania, de um diálogo, transforma-se, em *Stephen Hero*, numa passagem narrativa, em que o narrador onisciente "aborda" momentaneamente ambos os personagens e fornece alguns fragmentos de suas percepções.

Como já mencionado, *Stephen Hero* e *Um retrato* estão estreitamente conectados, já que várias partes do primeiro romance foram reelaboradas no segundo. Não é nenhuma surpresa, pois, que *Um retrato* também inclua reelaborações de doze das epifanias disponíveis; surpreendentemente, entretanto, apenas três textos aparecem em ambos os romances.[29] Essa diferença talvez tenha a ver com o caráter incompleto da documentação; várias seções de *Stephen Hero* foram extraviadas e elas provavelmente continham outras epifanias. Contudo, a diferença é demasiadamente grande para ser explicada apenas pelos manuscritos extraviados: é mais provável que Joyce tenha escolhido diferentes epifanias para os dois romances, centrando-se nos esboços dramáticos para *Stephen Hero* e nos narrativos para *Um retrato*. Além disso, os métodos de reelaboração dos esboços divergem sensivelmente: os procedimentos mais comuns de transformação adotados em *Um retrato* são os de redução e eliminação, que acrescentam ainda mais ambiguidade aos textos das *Epifanias*. Exemplar nesse sentido é uma famosa passagem de *Um retrato*:

Epifanias

[Bray: na sala da casa em Martello Terrace]

Sr. Vance—(chega com uma vara). . . Oh, a senhora entende, ele tem que pedir desculpas, sra. Joyce.

Sra. Joyce—Oh sim . . . Ouviu isso, Jim?

Sr. Vance—Senão—se ele não se desculpar—as águias vêm tirar os olhos dele fora.

Sra. Joyce—Oh, mas tenho certeza de que ele vai se desculpar.

Joyce—(*embaixo da mesa, para si mesmo*)

—Os olhos dele fora
Agora
Agora
Os olhos dele fora.

Agora
Os olhos dele fora
Os olhos dele fora
Agora.[30]

Um retrato

Ele se escondeu embaixo da mesa. A mãe disse:

—O Stephen vai se desculpar.

A Dante disse:

—Ah, se ele não se desculpar agora as águias vêm tirar os olhos dele fora.

Os olhos dele fora
Agora
Agora
Os olhos dele fora.

Agora
Os olhos dele fora
Os olhos dele fora
Agora.[31]

Ao ser reelaborada em *Um retrato*, a epifania torna-se ainda mais obscura e difícil de interpretar. Em particular, o romance elimina qualquer referência ao fato de que o protagonista está repetindo a fórmula "para si mesmo"; o refrão quiásmico "Os olhos dele fora / Agora" não é explicitamente atribuído a Stephen, que poderia estar ouvindo as palavras de uma outra pessoa. Essas mudanças se conformam à função do narrador em *Um retrato*, que está longe de ser explicativa; no romance, o mundo é visto pela perspectiva de Stephen, e os processos mentais do personagem são reproduzidos sem qualquer introdução ou clarificação – muitas vezes, até mesmo sem empregar verbos de percepção.

Das doze epifanias que aparecem em *Um retrato*, seis esboços são reelaborados pela redução textual, e apenas quatro contêm amplificações ou acréscimos.[32] Mais frequentemente, quando ocorrem acréscimos, eles são descritivos, isto é, eles enriquecem e desenvolvem a imagística com mais detalhes, mas não acrescentam muito ao significado da epifania. A reescrita do esboço que começa com as palavras "Um corredor longo e sinuoso" constitui uma exceção notável, que vale a pena ser examinada:

Epifanias

> Um corredor longo e sinuoso: do assoalho sobem pilares de vapores negros. Está povoado pelas imagens de reis fabulosos, fixados em pedra. Suas mãos estão dobradas sobre os joelhos, em sinal de cansaço, e seus olhos estão enegrecidos, pois os erros dos homens sobem eternamente diante deles como vapores negros. [33]

Um retrato

> Noite perturbada cheia de sonhos. Quero tirá-los do meu peito. Um corredor longo e sinuoso. Do assoalho sobem pilares de vapores negros. Está povoado pelas imagens de reis fabulosos, fixados em pedra. Suas mãos estão dobradas sobre os joelhos em sinal de cansaço e seus olhos estão enegrecidos pois os erros dos homens sobem eternamente diante deles como vapores negros.[34]

A passagem de *Um retrato* aparece no último capítulo, no trecho conhecido como "o diário de Stephen", em que o protagonista anota seus pensamentos e sentimentos usando o tempo presente e o pronome da primeira pessoa. Assim, o texto da epifania aparece praticamente igual no romance, com exceção da pontuação e de duas frases adicionais: "Noite perturbada cheia de sonhos. Quero tirá-los do meu peito." Em *Um retrato*, então, o que segue é dito para descrever uma visão noturna e adquire uma natureza onírica. Entretanto, isso não significa que todas as dúvidas tenham sido esclarecidas: é preciso um esforço de imaginação para aceitar que um sonho possa carregar ideias tão complexas. Como observa Gerald Doherty, o sonho contém imagens e metáforas inesperadas,[35] tal como os "erros dos homens" que sobem eternamente diante das figuras de pedra como "vapores negros". Em certa medida, duvidamos das palavras de Stephen, e suspeitamos que ele tenha modificado bastante o conteúdo de seu sonho ou então que o que ele descreve é uma experiência criativa e estética, uma visão em vez de um sonho. Portanto, embora nos seja dada uma informação explicativa, somos levados a classificá-la como pouco confiável.

Ao retrabalhar as *Epifanias*, Joyce preferiu a redução textual e acréscimos não explicativos não apenas em *Um retrato*, mas também em *Ulisses*; em *Finnegans Wake*, a reescrita dos esboços é tão radical que eles se tornam praticamente irreconhecíveis, pois são condensados em unidades extremamente concisas. Naturalmente, acréscimos e eliminações de texto são sempre acompanhados por outras mudanças que refletem a grande diferença de estilo e de linguagem entre essas obras. Ao examinar a reelaboração da epifania narrativa que começa com as palavras "Duas carpideiras abrem caminho por entre a multidão", podemos observar não apenas uma mudança de gênero literário, mas também as transformações do texto, em consonância com as técnicas narrativas diferentes da prosa. Na verdade, essa epifania foi reelaborada tanto em *Stephen Hero* quanto em *Ulisses*:

Epifanias

> Duas carpideiras abrem caminho por entre a multidão. A menina, uma mão grudada na saia da mãe, corre na frente. A face da menina é a face de um peixe, descorada e de olhos oblíquos; a face da mulher é pequena e quadrada, a face de alguém que regateia. A menina, a boca contorcida, ergue os olhos em direção à mulher para ver se é hora de chorar; a mulher, ajeitando um gorro achatado, se apressa em direção à capela mortuária.[36]

Stephen Hero

O cortejo fúnebre que se postou imediatamente antes do de Isabel era o cortejo de alguém da classe pobre. As carpideiras, que se amontoavam em grupos de seis em charretes, estavam justamente se apressando para desembarcar quando o sr. Daedalus e suas carpideiras se aproximaram. O primeiro cortejo passou pelos portões, onde uma pequena multidão de curiosos e funcionários estava reunida. Stephen os viu entrar. Dois deles, que estavam atrasados, abriram seu caminho à força por entre a multidão. Uma menina, uma mão agarrada na saia da mulher, corria um passo à frente. A face da menina era a face de um peixe, descorada e com olhos oblíquos; a face da mulher era estreita e quadrada, a face de alguém que regateia. A menina, a boca retorcida, ergueu os olhos para a mulher para ver se era a hora de chorar: a mulher, ajeitando um gorro achatado, apressou-se em direção à capela mortuária.[37]

Ulisses

Carpideiras saíam pelos portões: uma mulher e uma menina. Harpia queixopontuda [*leanjawed*], mulher dura num regateio, o gorro torto. A face da menina manchada de sujeira e lágrimas, pendurada no braço da mulher, erguendo os olhos para ela à espreita de um sinal para chorar. Face de peixe, exangue e lívida.[38]

O primeiro texto fornece um bom exemplo de como as epifanias não oferecem qualquer referência contextual para ajudar a compreender seu significado, que permanece quase inteiramente obscuro; neste caso, por exemplo, podemos apenas supor que a cena envolvendo as duas mulheres se passa durante um funeral. Até mesmo as características gramaticais da epifania contribuem para a dificuldade de interpretação; por exemplo, os artigos definidos em "a multidão", "a menina", e "a mulher" deveriam indicar que os referentes são únicos e identificáveis com base no conhecimento específico partilhado pelo falante e pelo ouvinte. Aqui, entretanto, esse conhecimento partilhado está ausente, porque os elementos são introduzidos pela primeira vez. O uso das formas do tempo gramatical do presente aumenta o efeito de desorientação e de desestabilização da epifania, sugerindo que estamos testemunhando um processo de pensamento que tem lugar na mente de um indivíduo.

Em *Stephen Hero*, a epifania perde, uma vez mais, sua função original e adquire um nova, tornando-se uma unidade na estrutura complexa do romance. Esse extrato não é um fragmento de prosa "pessoal", evanescente e ambíguo, mas um episódio incluído numa sequência narrativa, enquadrado por um acréscimo textual que contém as explicações do narrador. Muitas características típicas do texto epifânico desaparecem, incluindo o uso dos artigos definidos (substituídos pelos indefinidos) e o tempo gramatical do presente; em *Stephen Hero*, a "imanência" e o caráter imediato do esboço se perdem.

A cena das duas carpideiras também é reelaborada em *Ulisses*; nesse livro, o texto é especificamente adaptado à técnica do monólogo interior. Na verdade, somos apresentados aqui aos pensamentos de Leopold Bloom enquanto ele assiste ao funeral de seu conhecido, Paddy Dignam. Em geral, as pessoas não pensam utilizando frases completas, mas sim na forma de sequências frouxas de palavras. *Ulisses* reproduz textualmente esse aspecto de como a mente humana funciona. Consequentemente, a epifania passa por uma condensação extrema: os verbos desaparecem quase completamente porque a mente de Bloom está envolvida num fluxo de percepções visuais, e essa sequência de "fotogramas" pode ser reproduzida mais adequadamente na escrita por uma sequência de substantivos. Símiles se transformam em metáforas e aposições, figuras de linguagem que podem representar linguisticamente a habilidade que tem o pensamento humano de associar rapidamente imagens com conceitos. A ideia de rapidez e brevidade domina a passagem, incluindo a junção, sob uma forma "comprimida" de palavras de classes gramaticais diferentes, como em "*leanjawed*". Incidentalmente, a magreza [*leanness*] do rosto da mulher mencionada em *Ulisses* sugere que a fonte para essa passagem foi *Stephen Hero*: aí Joyce utiliza o adjetivo "*pinched*", que também pode significar "fino", enquanto na epifania o rosto é descrito como "pequeno e quadrado". Embora seja quase certo que esse extrato de *Ulisses* venha diretamente de *Stephen Hero*, ele guarda uma semelhança mais estreita com a epifania, por causa de características tais como brevidade, fragmentação e atemporalidade.

Em *Ulisses*, foram identificadas quatro epifanias reelaboradas; em *Finnegans Wake*, uma única.[39] A única epifania que foi reelaborada em *Finnegans Wake* também aparece em *Ulisses*, de forma que a "história" desse texto pode ser reconstruída como segue:

Epifanias

[Dublin: na esquina da Connaught St., Phibsborough]

O Menininho—(*junto ao portão do jardim*). .Na. .o.

A Primeira Mocinha—(*meio que se ajoelhando, toma-lhe as mãos*) —Mabie é mesmo a tua namoradinha?

O Menininho—Na. . .o.

A Segunda Mocinha—(*abaixando-se à sua altura, ergue os olhos*) —*Quem* é a tua namoradinha?[40]

Ulisses

—Conta pra gente quem é a tua namoradinha, falou Edy Boardman. Cissy é a tua namoradinha?

—Nao, disse Tommy lacrimoso.

—Edy Boardman é a tua namoradinha? inquiriu Cissy.

—Nao, disse Tommy.

—Eu sei, disse Edy Boardman não muito amigavelmente com uma piscadela travessa desde seus olhos míopes. Eu sei quem é a namoradinha de Tommy. Gerty é a namoradinha de Tommy.

—Nao, disse Tommy, à beira das lágrimas.[41]

Finnegans Wake

—Nao. [...]

—Naohao. [...]

—Naohaohao.[42]

A epifania é, primeiro, modificada em *Ulisses*, transformando-se, no episódio "Nausíaca", num diálogo entre um grupo de garotas e um garoto. O número de personagens envolvidos muda: as duas "mocinhas" da epifania se tornam três no romance. Embora o esboço dramático perca as rubricas dramáticas, ele ganha, em *Ulisses*, várias amplificações e acréscimos. Por um lado, as garotas são, no romance, bastante persistentes e fazem mais perguntas; para ser precisa, elas, primeiro, se dirigem a Tommy com um imperativo, "conta pra gente", depois, com um pedido ou uma ordem. No mesmo sentido, dá-se muita atenção à reação do garoto, que está, aqui, claramente aborrecido; a epifania não sugere qualquer forma de ansiedade por parte do garoto. Entretanto, em

Ulisses, podemos apenas imaginar que o fato de Tommy estar "lacrimoso" e "à beira das lágrimas" se deva à insistência das garotas, porque não é dado nenhum motivo para sua aflição. Tal como mencionado, quando discutimos *Um retrato*, o acréscimo textual não implica que a passagem tenha se tornado mais clara; ela parece simplesmente ganhar mais detalhes, mantendo, ao mesmo tempo, ao menos, parte de sua obscuridade.

Quanto às outras transformações, a ordem das duas perguntas na epifania é invertida: primeiro, o garoto é solicitado a dar uma informação mais geral ("Conta pra gente quem é a tua namoradinha") e, depois, as questões se focalizam no particular, isto é, nos nomes específicos das possíveis "namoradinhas". O fato de que *Ulisses* siga a ordem "lógica" é um dos aspectos que torna a passagem do romance mais convencional que a epifania. Outros aspectos incluem o fato de que, no romance, o diálogo se abre com uma pergunta e não com uma resposta, reduzindo o efeito de um evento *in media res*; são igualmente reduzidas as características da fala oral. O "Na...o" do garoto, na epifania, reproduz nuances diferentes da língua falada, incluindo a forma como ele articula o advérbio e a interrupção que faz ao expressá-lo. Em *Ulisses*, o "nao" não carrega tanta informação, mesmo que ainda reproduza a pronúncia infantil de "*no*".

Em vez de uma reelaboração da epifania, *Finnegans Wake* contém uma lembrança de seu texto, ou um eco dele, que ressoa repetidamente. Joyce joga com as possibilidades orais da fala e do som que ele já havia explorado no esboço, começando com a mesma forma que usara em *Ulisses* ("nao") e criando um crescendo. Mas *Finnegans Wake* tem a ver com rompimento, paródia, inversão e ausência significativa de significado; por isso, aqui a situação inverte o papel que os personagens têm nas *Epifanias* e em *Ulisses*. Um dos protagonistas de *Finnegans Wake*, Shem, assume a identidade do "menininho"; desta vez, é ele quem faz perguntas, e as garotas, cujo número cresceu para sete, dão as respostas. Shem deve adivinhar o nome de uma flor, mas ele erra repetidamente, e as garotas enfatizam seu fracasso. Em vez de soar como fala infantil, o repetido "nao" delas parece expressar desprezo, e para cada "hao" que elas acrescentam ao "nao", a resposta delas soa, cada vez mais, como um riso de zombaria. Em alguma medida, em *Finnegans Wake* tudo mudou e contudo nada mudou: não importa quem faz as perguntas, o resultado é sempre o de um menininho sendo atormentado por algumas garotas se divertindo com brincadeiras pueris.

De acordo com alguns estudiosos, Joyce compôs essa parte de *Finnegans Wake* tendo *Ulisses* em mente, e sem nenhuma referência direta às *Epifanias*; na verdade, ao revisar o segundo capítulo de *Finnegans Wake*, ele parece ter acrescentado uma grande quantidade de referências ao episódio "Nausíaca", incluindo a palavra "Nao" e suas variações.[43] Entretanto, uma vez mais, não podemos deixar de observar que as características formais da passagem em *Finnegans Wake* estão mais estreitamente ligadas às *Epifanias* que a *Ulisses*. Tal como a epifania dramática, na verdade, *Finnegans Wake* imita a interação verbal e explora aquilo que Romana Zachi define como as características de "não-fluência" que usualmente ocorrem na conversação cotidiana.[44]

A epifania dramática do "Menininho" faz conexões não apenas com *Ulisses* e *Finnegans Wake*, mas também com *Dublinenses*, em particular, com o conto "Um encontro":

> [O homem] nos perguntou qual de nós tinha mais namoradinhas. Mahony mencionou ligeiramente que ele tinha três queridinhas. O homem me perguntou quantas eu tinha. Respondi que não tinha nenhuma. Ele não acreditou em mim e disse que tinha certeza de que eu tinha uma. Fiquei em silêncio.
> "Diga-nos", disse Mahony atrevidamente ao homem, "quantas o senhor tem?"
> O homem sorriu tal como antes e disse que quando tinha a nossa idade ele tinha um monte de namoradinhas.
> "Todo garoto", disse, "tem uma namoradinha."
> Sua atitude sobre esse ponto me pareceu estranhamente liberal num homem de sua idade. Em meu coração pensei que o que disse sobre garotos e namoradinhas era razoável. Mas me desagradou ouvir essas palavras em sua boca e fiquei pensando no motivo pelo qual ele tremeu uma vez ou duas como se temesse alguma coisa ou sentisse um súbito arrepio.[45]

Como é sabido, essa história descreve o encontro de dois jovens com um homem esquisito, que faz com que se sintam desconfortáveis ao expressar um interesse em garotas que soa estranho. O contexto em que as "namoradinhas" dos garotos são mencionadas é, portanto, completamente diferente do da epifania; falta a essa passagem o sentido de futilidade e brincadeira maliciosa que, em vez disso, é reconhecível não apenas no esboço, mas também em *Ulisses* e *Finnegans Wake*. Além disso, a interação verbal real entre o homem e os jovens está completamente ausente, na medida em que a primeira parte da conversa é relatada por meio do discurso indireto. O conto não apresenta nenhuma das características da epifania dramática, exceto por uma vaga sensação de desconforto circunstancial, que é claramente expressa pelo narrador. Portanto, nesse caso, é mais apropriado falar de uma relação intertextual entre as *Epifanias* e *Dublinenses*, em vez de uma verdadeira reelaboração do esboço.

Diz-se, muitas vezes, que a coletânea *Dublinenses* se baseia no conceito de "epifania", uma visão que tem sido questionada e contestada desde os anos 1960.[46] Num certo sentido, o fato de que Joyce tenha escrito *Dublinenses* imediatamente após as *Epifanias* pode ter levado alguns estudiosos a esperar uma relação estreita entre essas duas obras; entretanto, se consideramos a "epifania" não apenas como uma "súbita revelação da verdade vivida por um personagem",[47] mas também como uma técnica formal específica, os contos e os esboços mostram apenas uma fraca conexão entre si. Por um lado, nenhuma das epifanias disponíveis é reelaborada em *Dublinenses*; a passagem citada acima é a única referência textual às *Epifanias*. Entretanto, outros tipos de afiliação entre as duas coletâneas não podem ser completamente descartados; afinal, os contos fornecem recortes da vida de uma Dublin fictícia tal como percebida por seus habitantes, e as *Epifanias*, de forma similar, apresentam fragmentos de pensamentos e conversas registradas por uma mente individual.

Há, na verdade, uma passagem de "Arábia" que lembra estreitamente as características formais típicas das epifanias dramáticas e seus padrões de fala; entretanto, não foi possível encontrar nenhuma correspondência específica com os esboços conhecidos:

> "Oh, nunca disse uma coisa dessas!"
> "Oh, mas você disse!"
> "Oh, mas eu não disse!"
> "Ela não disse isso?"
> "Sim. Eu a ouvi."
> "Oh, é uma. . .lorota!"[48]

No conto, o jovem protagonista entreouve uma conversa entre uma mulher e dois homens após ter chegado à meta cobiçada, o bazar em que pretende comprar um presente para a garota da vizinhança pela qual se apaixonou. O fato de que as frases não são atribuídas a falantes específicos torna o diálogo um tanto enigmático; ele parece, por sua "incompletude", quebrar a continuidade da narração. Além disso, o efeito dessas palavras sobre o narrador não é explicado; supostamente, o fato de ter testemunhado o jogo de sedução implícito no diálogo faz com que ele compreenda que seu amor existe apenas em sua mente, e que ele nunca conseguiu estabelecer um relação "real" com a garota de sua fantasia. Morris Beja define uma "epifania" como uma "manifestação [...] desproporcional relativamente à importância ou à relevância estritamente lógica de seja lá o que ela produz";[49] sabe-se pouco sobre o significado que o protagonista atribui a essa troca de palavras, mas não há dúvida de que esse significado também é "desproporcional" ao que ele ouviu. A obscuridade e a falta de explicações não são os únicos elementos que ligam essa passagem às *Epifanias*; o texto apresenta algumas das características formais que são típicas dos esboços dramáticos, tais como fragmentação, repetições, frases interrogativas e exclamativas, bem como hesitações ou pausas (expressas pelas reticências). Em suma, Joyce parece ter adotado uma "modalidade epifânica" de expressão para essa passagem de "Arábia"; além disso, não pode ser excluída a possibilidade de essa parte de "Arábia" conter a reelaboração de uma, ao menos, das trinta e uma epifanias que não chegaram até nós.

Esse diálogo de *Dublinenses* não é o único caso em que Joyce adotou uma "modalidade epifânica": *Stephen Hero* está pontilhado por uma série de passagens com aspecto epifânico. O caso mais evidente é, talvez, uma parte bastante fragmentada do texto, apresentada como uma "trivialidade" que "fez [Stephen] cogitar em juntar muitos desses momentos num livro de epifanias":[50]

> A jovem dama—(discretamente arrastando as palavras) . . . Ah, sim . . . Eu estava . . . na . . . ca . . . pela . . .
> O jovem cavalheiro—(inaudível) . . Eu . . . (de novo, inaudível) . . . Eu . . .
> A jovem dama—(suavemente) . Oh . . . mas você é . . . mui . . . to . . mal . . . va . . . do . . . [51]

A troca de palavras, que, incidentalmente, tem muito em comum com o jogo de sedução do diálogo de "Arábia", é ainda mais completa por conter rubricas teatrais; é tão similar às epifanias dramáticas conhecidas que somos tentados a considerá-la com um dos textos extraviados da coleção.

Algumas outras passagens de *Stephen Hero* apresentam não apenas muitas das características formais das epifanias dramáticas, mas também, em termos de conteúdo, certa continuidade. Na verdade, uns poucos esboços das *Epifanias* reproduzem diálogos sobre tópicos literários em que os personagens envolvidos revelam falta de conhecimento ou de compreensão crítica de autores e obras (ver, por exemplo, o diálogo entre "O'Mahoney" e "Joyce" sobre "versos", e a preferência declarada de "Hanna Sheehy" por Goethe).[52] Os seguintes diálogos de *Stephen Hero* seguem as mesmas linhas temáticas:

> —Estava lendo daquele escritor . . . como se chama . . . Maeterlinck no outro dia . . . sabe?
> —Sim . . .
> —Estava lendo *O intruso*, acho que era esse o nome . . . Uma peça . . . muito curiosa . . . [...]
> —Seria difícil levá-la ao palco. [...]
> —Ah, sim! . . . quase impossível . . .[53]
>
> ★★★
>
> —Sim, sim, disse o padre Butt um dia depois de uma dessas cenas, entendo . . . Entendo bem seu argumento . . . Isso se aplicaria obviamente aos dramas de Turgueniev? [...]
> —O senhor quer dizer seus romances?
> —Os romances, sim, disse o padre Butt rapidamente, . . . seus romances, com certeza . . . mas naturalmente trata-se de dramas . . . não se trata, sr. Daedalus?[54]

Finalmente, algumas das epifanias disponíveis reproduzem variedades locais de fala ou tentam capturar o dialeto dos falantes, como acontece com as ameaças do "Mendigo Cocho" e o monólogo de "Eva Leslie".[55] Uma técnica similar é adotada em *Stephen Hero* para relatar a conversa entre duas mulheres numa igreja:

> *Two women stopped beside the holy water font and after scraping their hands vainly over the bottom crossed themselves in a slovenly fashion with their dry hands. One of them sighed and drew her brown shawl about her:*
> *—An' his language, said the other woman.*
> *—Aw yis.*
> *Here the other woman sighed in her turn and drew her shawl about her:*
> *—On'y, said she, God bless the gintleman, he uses the words that you nor me can't intarprit.*[56]
>
> [Duas mulheres pararam ao lado da pia de água benta e, depois de rasparem o fundo em vão, fizeram desleixadamente o sinal da cruz com a mão seca. Uma delas suspirou e enrolou o xale à sua volta:
> —E essa fala, disse a outra mulher.
> —Oh sim.
> Aqui a outra mulher suspirou por sua vez e enrolou o xale à sua volta:

—Mas, disse ela, que Deus abençoe o cavalheiro, ele usa palavras que nem eu nem você podemos entender.]

Pode-se dizer que essa passagem de *Stephen Hero* parece ser o resultado da combinação de um modo narrativo com uma epifania dramática. Na verdade, a frase "Duas mulheres pararam ao lado da pia de água benta" pode soar familiar para nós porque já tínhamos encontrado uma construção sintática muito parecida: o mesmo determinante ("duas"), seguido por um substantivo plural, verbo e construção preposicional são também usados no início da epifania "Duas carpideiras abrem caminho por entre a multidão", anteriormente discutida. A documentação existente não permite estabelecer se *Stephen Hero* e *Dublinenses* contêm reelaborações de epifanias cujos manuscritos não estão mais disponíveis, ou "imitações", ou seja, passagens do mesmo tipo das epifanias que Joyce escreveu especificamente para essas obras. O que importa, entretanto, é que está confirmado que o modo epifânico é um paradigma primário na produção de Joyce, um ponto de partida que o autor nunca abandonou.

As múltiplas reelaborações dos textos das *Epifanias*, sejam elas diretas ou indiretas (isto é, com a "mediação" de outras obras), nos fornece uma informação relevante tanto sobre as técnicas literárias de Joyce quanto sobre seus métodos de escrita. Na verdade, desde as primeiríssimas mostras de sua atividade literária, Joyce já se revelava um escritor experimental; suas epifanias podem ser vistas como um novo gênero literário, que não encontra nenhum equivalente na prosa, no drama ou na poesia. Ao mesmo tempo, as epifanias ganham a função de padrões temáticos e simbólicos recorrentes, que "retornam" em diferentes obras e nas quais são tratados de acordo com perspectivas variadas, enfatizando, assim, as diferentes direções que Joyce tomou em sua carreira literária. Joyce continuou voltando a alguns paradigmas primários e buscando múltiplas interpretações deles; provavelmente, ele modificou repetidamente episódios similares, na busca de uma nova percepção da experiência no tempo. Isso tem a ver com o conceito modernista de incompletude na escrita literária: os textos de Joyce estão em busca de um "presente" sempre mutante e reconhecem a impossível tarefa de fixar na página escrita algo tão fluido como a consciência individual. Afinal, como Joyce escreveu em 1904, "o passado seguramente implica um sucessão fluida de presentes, o desenvolvimento de um ente do qual nosso presente atual é apenas uma fase".[57]

Referências bibliográficas

Beja, Morris. *Epiphany in the Modern Novel.* Seattle: University of Washington Press, 1971.

Beja, Morris. *James Joyce: A Literary Life.* Basingstoke: Macmillan, 1992.

Benton, Michael. *Literary Biography: An Introduction.* Chichester: Wiley-Blackwell, 2009.

Doherty, Gerald. *Pathologies of Desire: The Vicissitudes of the Self in James Joyce's* A Portrait of the Artist as a Young Man. Nova York; Oxford; Berna: Peter Lang, 2008.

Ellmann, Richard. *James Joyce.* Nova York, Oxford: Oxford U.P., 1983.

Feshback, Sydney. Hunting Epiphany-Hunters. *PMLA*, v. 87, n. 2 1972, p. 304-306.

Griffith, Kelley. *Writing Essays about Literature.* 4. ed. Boston: Wadsworth, 2010.

Hills, Rust. *Writing in General and the Short Story in Particular.* Ed. rev. Boston; Nova York: Houghton Mifflin Company, 2000.

Joyce, James. *A Portrait of the Artist as a Young Man.* Harmondsworth: Penguin, 1992a.

Joyce, James. *Dubliners.* Londres: Penguin Popular Classics, 2007.

Joyce, James. *Epiphanies.* Org.: Oscar A. Silverman. Buffalo: Lockwood Memorial Library, 1956.

Joyce, James. *Finnegans Wake.* Harmondsworth: Penguin, 1992b.

Joyce, James. *Letters.* vol. 2. Org.: Richard Ellmann. Nova York: Viking, 1966.

Joyce, James. *Stephen Hero.* Org.: Theodore Spencer, John Slocum e Herbert Cahoon. Nova York: New Directions, 1963.

Joyce, James. *Ulysses.* Harmondsworth: Penguin, 1992c.

Joyce, Stanislaus. *Recollections of James Joyce.* Nova York: James Joyce Society, 1950.

Millot, Catherine. On *Epiphanies.* In: Benstock, Bernard (Org.). *James Joyce: The Augmented Ninth.* Syracuse, N.Y.: Syracuse U.P., 1988. p. 207-209.

Natali, Ilaria. A Portrait of James Joyce's *Epiphanies* as a Source Text. *Humanicus*, n. 6, 2011. Disponível em: <goo.gl/Rok4J>.

Natali, Ilaria. Osservazioni su processi di reimpiego e riscrittura nel corpus joyciano: citazione intratestuale e intratestualità genetica. In: Celani, Simone (Org.). *Riscritture d'autore: La creazione letteraria nelle varianti macro-testuali.* Roma: Sapienza Università Editrice, 2016. p. 77-93. Disponível em: <goo.gl/xd0Yzn>.

Natali, Ilaria. *The Ur-Portrait:* Stephen Hero *ed il processo di creazione artistica in* A Portrait of the Artist as a Young Man. Florença: Firenze U.P., 2008. Disponível em: <goo.gl/Fcxcuq>.

Norris, Margot. Joyce's Heliotrope. In: Beja, Morris; Benstock, Shari (Org.). *Coping with Joyce*. Columbus: Ohio State U.P., 1989. p. 3-24.

Pugliatti, Paola. Avantesto e spazio della scrittura. *Il piccolo Hans*, n. 64, 1989-1990, p. 117-53.

Schiralli, Martin. Art and the Joycean Artist. *Journal of Aesthetic Education*, v. 23, n. 4, 1989, p. 37-50.

Scholes, Robert; Kain, Richard M. *The Workshop of Daedalus*. Evanston: Northwestern U.P., 1965.

Scholes, Robert; Walzl, F. L. The Epiphanies of Joyce. *PMLA*, v. 82, n. 1, 1967, p. 152-154.

Senn, Fritz. Scrivendo il libro di se stesso. In: Agazzi, Elena; Canavesi, Angelo (Org.). *Il segno dell'io: romanzo e autobiografia nella tradizione moderna*. Udine: Campanotto, 1992. p. 18-32.

Spencer, Theodore. A Succession of Epiphanies. In: Baker, J. R.; Staley, T. F. (Org.). *James Joyce's Dubliners: A Critical Handbook*. Belmont: Wadsworth Publishing Company, 1969. p. 10-11.

Zacchi, Romana. Fragments of Theatrical Revelation: James Joyce's *Epiphanies*. *Linguæ &*, v. 9, n. 1, 2010, p. 45-54. Disponível em: <goo.gl/zVkSa1>.

Notas

[1] Este ensaio se baseia em alguns aspectos de meus trabalhos anteriores sobre as *Epifanias*, incluindo: "*The Ur-Portrait*": Stephen Hero *ed il processo di creazione artistica in* A Portrait of the Artist as a Young Man (2008), "A Portrait of James Joyce's *Epiphanies* as a Source Text" (2011); "Osservazioni su processi di reimpiego e riscrittura nel corpus joyciano: citazione intratestuale e intratestualità genetica" (2016). O presente ensaio amplia alguns dos pontos aí tratados.

[2] Millot, 1988, p. 208.

[3] Benton, 2009, p. 133.

[4] Nesta discussão, *Epifanias* (com inicial maiúscula e em itálico) refere-se à coletânea de textos curtos escritos por Joyce e conhecidos como "epifanias"; "epifania" (entre aspas) refere-se a um conceito abstrato ou a uma modalidade de expressão, e o mesmo termo, sem aspas, indica um texto específico da coletânea de epifanias de Joyce.

[5] Veja Feshback, 1972, p. 304.

[6] Spencer, 1969.

[7] Hills, 2000, p. 21.

[8] Para mais detalhes sobre esse tópico, ver minha discussão em *The Ur-Portrait*, especialmente os capítulos 2 e 6.

[9] Joyce, 1963, p. 211.

[10] Tanto *Stephen Hero* quanto *Um retrato* descrevem três estágios do desenvolvimento da percepção estética, supostamente derivados da filosofia de Tomás de Aquino. Enquanto, em *Stephen Hero*, o terceiro estágio está claramente

associado à revelação epifânica, em *Um retrato*, o termo "epifania" não é mencionado e o terceiro estágio é definido como a "qualidade suprema [...] sentida pelo artista quando a imagem estética é primeiramente concebida em sua imaginação" (Joyce, 1992a, p. 231). Nas obras publicadas de Joyce, o termo "epifania" é mencionado apenas em *Ulisses*, sem referência à categoria estética (Joyce, 1992c, p. 50).

[11] Joyce, 1963, p. 213.

[12] Veja Schiralli, 1989, p. 45.

[13] Joyce, 1963, p. 26.

[14] Scholes; Kain, 1965, p. 52.

[15] O nome do personagem de Joyce em *Stephen Hero* é referido como "Stephen Daedalus" e em *Um retrato* e *Ulisses* como "Stephen Dedalus". Para mais detalhes sobre Stephen como o alter ego de Joyce e sobre os alter egos literários de Joyce em geral, veja Senn, 1992, p. 18-32.

[16] Joyce, 1992c, p. 50.

[17] Joyce, 1966, p. 28.

[18] Scholes; Kain, 1965, p. 11-50; Joyce, 1956.

[19] Dezessete das epifanias conservadas em Cornell não aparecem na documentação de Buffalo; assim, elas chegaram até nós apenas através das anotações de Stanislaus; naturalmente, não podemos estar seguros de que essa transcrição das palavras de Joyce seja acurada. As epifanias que aparecem em ambas as documentações divergem primariamente em questões de pontuação; em apenas um caso a diferença diz respeito a uma partícula gramatical. Essas pequenas mudanças podem ter sido introduzidas por James ou podem ser o resultado de erro por parte de Stanislaus; as cópias feitas por ele podem incluir modificações não intencionais dos textos do irmão.

[20] Joyce, 1950, p. 13.

[21] William B. Yeats, citado em Ellmann, 1983, p. 102 e em Scholes; Kain, 1965, p. 167.

[22] Para uma lista das epifanias reelaboradas em *Stephen Hero* e *Um retrato*, veja Natali, 2008, p. 39, nota 159, e p. 44, nota 161.

[23] Para identificar os principais procedimentos de transformação textual me baseei no esquema teórico e metodológico fornecido em Pugliatti, 1989-1990.

[24] Scholes e Kain propuseram uma subdivisão das epifanias que é agora aceita pela maior parte dos estudiosos joyceanos. Eles dizem: "As Epifanias que foram preservadas se dividem em duas classes [...]. Em um dos tipos, a mente do escritor é mais importante. Essas Epifanias, que podem ser chamadas de narrativas [...], não apresentam, em geral, 'fases memoráveis' da mente de Joyce enquanto ele observa, rememora ou sonha. As Epifanias do segundo tipo, que podem ser chamadas de dramáticas, dispensam o narrador e se centram mais na 'vulgaridade da fala ou do gesto'" (1965, p. 3-4).

[25] Scholes; Kain, 1965, p. 32.

[26] Joyce, 1963, p. 169.

[27] Scholes; Kain, 1965, p. 29.

[28] Joyce, 1963, p. 163.

[29] As epifanias que aparecem tanto em *Stephen Hero* quanto em *Um retrato* começam com as palavras "As crianças que ficaram até mais tarde", "A chuva leve e rápida tinha acabado mas se prolonga" e "O feitiço de braços e vozes" (veja Scholes; Kain, 1965, p. 13, 35 e 40).

[30] Scholes; Kain, 1965, p. 11.

[31] Joyce, 1992a, p. 4.

[32] Fenômenos de ampliação textual dizem respeito apenas à reelaboração das epifanias "Um pequeno campo de hirtas ervas daninhas" e "As crianças que ficaram até mais tarde", enquanto o acréscimo diz respeito às epifanias "No alto da casa velha de janelas escuras" e "Um corredor longo e sinuoso" (veja Scholes; Kain, 1965, p. 16, 13, 15 e 39). Esses textos, reelaborados, aparecem, respectivamente, nas páginas 148-149, 72, 71 e 272 de *Um retrato*. [Nota do tradutor: essas epifanias aparecem, neste volume, nas páginas 21, 13, 19 e 73. Na nossa edição de *Um retrato*, os textos reelaborados estão nas páginas 128, 65, 64 e 232.]

[33] Scholes; Kain, 1965, p. 39.

[34] Joyce, 1992a, p. 272.

[35] Doherty, 2008, p. 28.

[36] Scholes; Kain, 1965, p. 31.

[37] Joyce, 1963, p. 167.

[38] Joyce, 1992c, p. 127.

[39] Veja Beja, 1992, p. 30.

[40] Scholes; Kain, 1965, p. 48.

[41] Joyce, 1992c, p. 451-52.

[42] Joyce, 1992b, p. 233, linhas 22-26.

[43] Veja Norris, 1989, p. 22, nota 5.

[44] Zacchi, 2010, p. 51.

[45] Joyce, 2007, p. 25.

[46] Veja o "diálogo" entre Robert Scholes e F. L. Walzl em "The Epiphanies of Joyce", 1967, p. 152.

[47] Griffith, 2010, p. 61.

[48] Joyce, 2007, p. 35-36.

[49] Beja, 1971, p. 18.

[50] Joyce, 1963, p. 211.

[51] Joyce, 1963, p. 211.

[52] Scholes; Kain, 1965, p. 20-22.

[53] Joyce, 1963, p. 39.

[54] Joyce, 1963, p. 42.

[55] Scholes; Kain, 1965, p. 25 e 45.

[56] Joyce, 1963, p. 121. [Nota do tradutor: Dadas as características dialetais da fala das mulheres, preferi deixar o texto no original, seguido da tradução "limpa".]

[57] Joyce escreveu essa frase num ensaio intitulado "Um retrato do artista" (1904), que nunca foi publicado; o manuscrito do ensaio está agora em Buffalo II.A.1. O texto está transcrito em Scholes; Kain, 1965, p. 60.

Pessoas jogando vinte-e-um na esquina
de Eccles Street com St. Georges Street,
Dublin, Irlanda, 1946

Minibios

O autor

O irlandês James Joyce (1882-1941) é uma das figuras centrais do modernismo literário. Suas invenções formais e estilísticas continuam influenciando a narrativa literária, ocupando críticos e estudiosos e surpreendendo e deleitando antigos e novos leitores.

A fotógrafa

Elizabeth Miller (1907-1977), conhecida como Lee Miller, nasceu nos Estados Unidos. Após uma carreira de modelo em Nova York, tornou-se fotógrafa e se mudou para a Europa, onde, como correspondente da revista *Vogue*, fotografou cenas da blitz de Londres durante a Segunda Guerra, da libertação de Paris e dos campos de concentração alemães. Em novembro de 1946, a revista *Vogue* encarregou-a de fotografar aspectos e cenas de Dublin para um artigo intitulado "Quando James Joyce vivia em Dublin". As fotografias que ilustram a presente edição pertencem a essa coleção. O conjunto dessas fotos pode ser visto no site dedicado à fotógrafa: goo.gl/2xrQCr.

O ilustrador

O artista visual Philip Cheaney mora e trabalha no Brooklyn, Nova York. Graduou-se em design pela Missouri State University e fez mestrado em ilustração na School of Visual Arts de Nova York.

A posfaciadora

Ilaria Natali é pesquisadora de Literatura inglesa na Universidade de Florença, Itália, onde leciona desde 2007. Seus interesses atuais centram-se nas relações entre literatura e história da medicina, com especial referência à poesia britânica dos séculos dezessete e dezoito. A crítica genética tem sido fundamental para seu trabalho na área dos estudos joyceanos, tendo recebido um prêmio e uma menção especial por sua produção nessa área.

O tradutor

Desde pequeno, sempre quis ter uma epifania. Nunca teve essa sorte. Ou se teve, não se deu conta. Enquanto isso, traduz. E traduz e traduz. Quem sabe um dia...

Créditos das fotografias

1ª guarda: Eccles Street e igreja de St. Georges, Dublin, Irlanda, 1946, por Lee Miller [831-86]

p. 14-15: Mountjoy Square, Dublin, Irlanda, 1946, por Lee Miller [831-86]

p. 40-41: Um velho no pub de Barney Kiernan, com um cartaz de assassinos, Dublin, Irlanda, 1946, por Lee Miller [824-317a]

p. 54-55: Florista na esquina da Grafton Street, Dublin, Irlanda, 1946, por Lee Miller [824-395]

p. 68-69: Martello Tower e crianças jogando futebol, Sandy Cove, Dublin, Irlanda, 1946, por Lee Miller [824-402]

p. 82-83: North Richmond Street com carroça e cavalo, Dublin, Irlanda, 1946, por Lee Miller [824-465]

p. 98-99: Millimount Avenue, n.º 2 (onde Joyce morou), Dublin, Irlanda, 1946, por Lee Miller [824-265A]

p. 124-125: O famoso Edifício da Alfândega, North Dock, Dublin, Irlanda, 1946, por Lee Miller [824-300A]

p. 154-155: Pessoas jogando vinte-e-um na esquina de Eccles Street com St. Georges Street, Dublin, Irlanda, 1946, por Lee Miller [824-372]

2ª guarda: Crianças no cais de Portobello, Dublin, Irlanda, 1946, por Lee Miller [824-520]

EDITORA RESPONSÁVEL
Rejane Dias

EDITORA ASSISTENTE
Cecília Martins

ASSISTENTE EDITORIAL
Rafaela Lamas

REVISÃO
Cecília Martins

CAPA
Diogo Droschi

DIAGRAMAÇÃO
Waldênia Alvarenga

Dados Internacionais de Catalogação na Publicação (CIP)
(Câmara Brasileira do Livro, SP, Brasil)

Joyce, James, 1882-1941
Epifanias / James Joyce ; Organização, tradução e notas Tomaz Tadeu; posfácio Ilaria Natali ; fotografias Lee Miller. -- 1. ed. -- Belo Horizonte : Autêntica Editora, 2018. -- (Coleção Mimo)

ISBN 978-85-513-0325-2

1. Ficção irlandesa I. Natali, Ilaria.II. Miller, Lee. III. Título IV. Série.

17-11714 CDD-ir823.9

Índices para catálogo sistemático:
1. Ficção : Literatura irlandesa ir823.9

Belo Horizonte
Rua Carlos Turner, 420
Silveira . 31140-520
Belo Horizonte . MG
Tel.: (55 31) 3465 4500

Rio de Janeiro
Rua Debret, 23, sala 401
Centro . 20030-080
Rio de Janeiro . RJ
Tel.: (55 21) 3179 1975

São Paulo
Av. Paulista, 2.073,
Conjunto Nacional, Horsa I
23° andar . Conj. 2310-2312
. Cerqueira César . 01311-940
São Paulo . SP
Tel.: (55 11) 3034 4468

www.grupoautentica.com.br

Este livro foi composto com tipografia Bembo
e impresso em papel Pólen Bold 90 g/m² na RR Donnelley